JE VIENS DE TUER MA FEMME

W0210844

Emmanuel Pons

JE VIENS DE TUER MA FEMME

arléa
16, rue de l'Odéon, 75006 Paris
www.arlea.fr

Collection “1er mille”
– Dirigée par Catherine Guillebaud –

ISBN 2-86959-729-0
© Mars 2006 – Arléa

PREMIER JOUR

Je viens de tuer ma femme. Ce qui m'ennuie, c'est les faire-part. Je dois absolument les écrire avant d'aller à la gendarmerie. Évidemment, je n'ai plus de timbres. Je lui avais pourtant demandé d'en acheter. En prévision. Je vais devoir m'habituer à faire les choses moi-même. Au moins aujourd'hui. Demain, le juge s'occupera de tout. Je n'aurai plus à penser. Je serai libre.

Le marchand de journaux est à Héricourt, juste avant la gendarmerie. C'est lui qui vend les timbres. Il a aussi des jouets, des bonbons, du tabac, des fournitures scolaires, des DVD, du petit matériel de bureau, et même un photocopieur. Sans concurrence dans un rayon de trente kilomètres, il est inévitable. C'est un confesseur indiscret qui colporte les rumeurs, ou les crée. Les clients médisent devant sa caisse. Il adore ça. Il sait tout sur tout le monde avant les autres. Sauf pour ma femme. Je pourrais lui détailler mon histoire mais il ne me raconte jamais rien. Il ne m'aime pas. Je pourrais me rendre aux gendarmes devant ses magazines, et faire de lui « le dernier confident » pour *Paris-Match*, « celui qui savait » pour *VSD*. Il aurait le 20 heures et toutes les radios. Il ne le mérite pas. Je préfère offrir ça à quelqu'un que j'apprécie. Quelqu'un de mon village, d'Oherville.

Mais qui ?

Voilà une bonne question... Je vais marcher jusqu'à Héricourt. C'est à trois kilomètres. Ça me laisse le temps de réfléchir. Et de compter les sauts de truites dans la Durdent. C'est mon passe-temps favori. Guetter la truite, parier sur un saut, ça me détend.

*
* *

J'aime ce moulin. Je passe devant tous les jours en voiture ou à vélo. Je le regarde chaque fois avec le même plaisir. Il a été restauré de la roue au grenier, comme tous ceux qui bordent la Durdent. On peut lire « 1575 » au-dessus d'une fenêtre. C'est l'année de l'achèvement de la première partie. Il est immense : quatre étages, près de cinq cents mètres carrés. Je l'ai visité avec son propriétaire, monsieur Derangon, un homme adorable. Il m'a consacré trois heures pour m'expliquer le principe des moulins et les difficultés que les meuniers avaient rencontrées, il y a quatre siècles, pour donner à la Durdent la force qui lui faisait défaut. Il leur a fallu créer des bras de contournement, creuser le lit pour faire « plonger » la rivière avant la roue, et ramener l'eau, calme, dans son lit.

Monsieur Derangon produit lui-même son courant. Il revend même son excédent à EDF. Il a conçu et réalisé seul son installation. C'est normal, ce n'est pas très éloigné de son métier : il fabrique des machines à fabriquer des machines. Il devrait être à la retraite depuis longtemps, mais il ne se résout pas à vendre son entreprise, pas plus qu'à la fermer. Il l'a créée il y a quarante ans et continue d'y travailler six jours sur sept. C'est un passionné de mécanique. Il a photographié toutes ses machines. Un soir, il m'a montré ses clichés. Ma femme m'attendait pour dîner. Je suis rentré à dix heures, elle n'avait pas mangé. Je lui ai expliqué comment notre four avait été assemblé. Elle n'a rien dit. Elle ne s'intéressait pas beaucoup aux choses de la vie courante.

Monsieur Derangon... En voilà un qui mérite bien de savoir que j'ai tué ma femme. Ça me fait tout drôle de me dire « j'ai tué ma femme ». Ça sonne tellement roman noir ou mauvais film. C'est si commun dans les fictions. Alors qu'en vrai, c'est fort, c'est puissant. Je ne peux même pas exprimer ce que je ressens. Ça va au-delà des mots, au-delà de la joie ; ça n'a pas de sens. C'est inouï : je l'ai fait. Moi. Moi !

Je l'ai fait !

Qu'on ne minimise surtout pas mon acte sous prétexte que d'autres l'ont accompli avant moi. Je partais de très loin. Rien ni personne ne m'a jamais aidé. Jeune, j'ai tout eu : amour, argent, bonne éducation. J'en suis sorti seul. C'est quand même plus fort que le gitan qui poignarde pour sauver sa peau. Lui n'a pas le choix, donc pas de mérite.

Voyons si monsieur Derangon est là... Il fait souvent sa comptabilité chez lui.

Gagné !

Il m'ouvre la porte avec un grand sourire. Il s'étonne de me voir mais m'invite à boire un café. Je sais que je lui prends son temps compté. Il sait que je le sais et n'est donc pas inquiet. Sa femme nous prépare un café. Il me demande comment je vais. Je lui dis : « Bien, je viens de tuer ma femme. » Il rit de bon cœur en me tapant sur le genou. Il ajoute que lui aussi se dispute avec sa femme et me murmure à l'oreille qu'il l'a déjà tuée au moins cent fois. Je souris. Je regrette de m'être trompé sur monsieur Derangon. Il ne mérite pas de savoir. De toute manière, il a toujours tout fait avant les autres.

Je ne comprends pas ces gens qui ramènent tout à eux. Vous leur dites « j'ai mal aux dents », ils vous répondent « c'est comme moi, j'ai mal au dos ». Là encore, je suis défavorisé par ma bonne éducation qui me force à m'enquérir plus précisément de la nature du mal et à ne pas couper la parole à mon interlocuteur. J'en arrive ainsi à ne jamais parler de moi. Pas assez à mon goût, en tout cas.

Monsieur Derangon me propose de me resservir en café. Ma bonne éducation a ses limites. J'ai, moi aussi, droit à un minimum d'attention. Je ne demande pas de la compassion, juste de l'écoute.

Je sens que ça monte en moi, ça bout même.

C'est plus fort que moi, presque instinctif. Je me lève et lui demande de m'indiquer les toilettes. Je passe derrière lui et je me saisis du couteau que je gardais, pour preuve de mon forfait, dans ma poche de veste. Je lui tranche la gorge d'un geste énergique. Je profite de l'hébétement de sa femme pour l'égorger à son tour.

Il a de la chance, monsieur Derangon, il échappe à ses problèmes d'entreprise, et même aux faire-part. Ça, vraiment, ça me casse les pieds, les faire-part.

*

* *

Si je traîne trop, le marchand de journaux sera fermé, et je devrai revenir demain. Et aller chez les gendarmes après-demain. Avec ma femme qui doit commencer à sentir le poisson, ça ne me tente pas trop... Mais les merveilles d'Oherville et de cette vallée me ralentissent. Ce minuscule pont qui surplombe un bras de la Durdent large d'un mètre ; ce chêne millénaire qui domine de son ombre tous les criminels de la région (sauf moi ; je ne me range pas dans la catégorie des criminels ; je n'aime pas ce mot-là) ; ces moutons et ces vaches immobiles ou plus lentes que les roues des moulins. C'est idiot dit comme ça (je ne suis pas poète), mais j'aime cette lenteur. Tout semble prévisible. Ce paysage ne peut pas me tromper.

Oherville, c'est le village des repentis du travail. Le refuge des exilés de la capitale. Les anges chez eux ne sont pas plus au calme.

C'est en cherchant Fécamp que j'ai découvert Oherville. J'étais à Yvetot, on m'avait dit de prendre la direction de la mer. Je devais trouver Fécamp sur ma gauche. Au bout de quelques minutes, j'étais dans la vallée de la Durdent.

La Durdent, cette minuscule rivière, a donné naissance depuis le XVIe siècle à une multitude de moulins en briques, silex et colombages, tous plus beaux les uns que les autres. Disséminés le long de la départementale 131, ils mènent de roue en roue à Oherville.

C'est un petit panneau manuscrit qui a changé ma vie. Et celle de ma femme, accessoirement. Un petit panneau avec une flèche qui disait : « Derrière l'église, maison à vendre, voir voisin. »

Comme je n'avais rien à faire à Fécamp que voir Fécamp, je pouvais tout aussi bien voir le voisin d'Oherville. Il me montra un reste de maison, m'expliqua que personne n'en voulait à cause du cimetière qu'il fallait traverser pour y accéder, et que même pour dix mille francs il ne l'achèterait pas. Il ouvrit la porte en me prévenant que seuls les courants d'air pourraient l'habiter. Je l'achevai en lui demandant les coordonnées du propriétaire. Il me les donna en me souhaitant bon courage et bienvenue au pays de Caux.

La suite est classique. Je signai trop vite pour m'apercevoir que tout accès automobile était impossible et que le prix de ma ruine égalait celui de la maison neuve du terrain voisin. Dans la foulée, j'acceptai le devis du premier entrepreneur, lequel partit avec mon chèque d'acompte de deux cent mille francs et finit en prison pour avoir escroqué dix-sept autres propriétaires. Je vais peut-être enfin le retrouver, si mon juge est compréhensif...

Je pris donc une autre entreprise, qui fit faillite au bout de six mois, arnaquée par le premier entrepreneur ! Puis j'embauchai un architecte, charge à lui de réunir les corps de métier. Je dénonçai notre accord six mois plus tard, faute d'avancée des travaux.

Le maire d'Oherville trouva l'entreprise miracle qui effectua la restauration. Grâce à lui, j'entrai dans ma maison deux ans après son achat, joyeux mais ruiné.

Deux mois plus tard, ma femme quittait Paris pour mon paradis. J'ai pris soin qu'elle profite de ce site merveilleux afin que personne ne puisse dire un jour ces bêtises convenues telles que : « Elle était si jeune, elle n'a pas eu le temps de profiter de la vie » ; ou : « Elle qui venait découvrir la nature, elle n'en aura pas eu le temps. » Non, elle a vécu dans le bonheur. Grâce à moi en grande partie. Je devais remplacer le soleil trop souvent absent à son goût et nécessaire à son bien-être. J'ai brillé de mon mieux, fait de notre quotidien l'été méditerranéen dont elle rêvait. À moi le repos.

*

* *

Qui donc mérite de faire la une de *Paris-Match*, du *Courrier cauchois*, et de devenir le principal sujet de conversation du village, après moi bien sûr ?

Il y a les Cagil, mais Jérôme est lunatique. C'est dommage, parce que sa femme est sympathique. Ils ne roulent pas sur l'or, et monnayer quelques interviews les aiderait. Je vois bien les Bégeard, mais Jean est toujours parti vendre une bête ou tondre un mouton, et sa femme est à l'hôpital.

Et pourquoi pas les Legren ? Je suis justement devant leur maison.

La petite quarantaine chacun. Pas d'enfant. Toujours prêts à rendre service. Je ne compte pas les fois où Fred nous a prêté sa tondeuse ou sa scie circulaire. Les soirs où Cathy nous a apporté une tarte aux pommes de son verger, ou des compotes qu'elle nous avait préparées spécialement. Bénévoles au comité des fêtes, délégués municipaux et professeurs des écoles tous les deux, ils montrent ce qu'on peut faire de son temps lorsqu'il n'est pas tout entier dévolu à l'éducation des enfants. D'ailleurs, ils ne peuvent pas en avoir. Les pauvres ont même été persévérants devant l'échec. Insémination artificielle, tentative d'adoption. Je n'ai pas suivi l'affaire de près. C'est monsieur Derangon qui les connaissait bien. J'aurais dû lui demander. J'ai été trop impulsif. Ça pouvait attendre cinq minutes.

Tant de gentillesse masque forcément un grand manque. Fred et Cathy doivent se dire que, s'ils sont bons, le Ciel finira par les récompenser. Ils sont très croyants. Ils font toutes les églises de la région pour trouver une messe chaque dimanche. Ils suivent le curé et pensent que Dieu les suit. Soit Dieu s'en fout, soit il prend vraiment son temps.

J'emprunte leur petit chemin. Ils n'ont pas de grille, pas de portail. Même pas un chien sur un écriteau pour faire peur. Je suis à leur porte. J'appelle... Cathy me répond qu'elle arrive. Elle avance en s'essuyant les mains. Elle a de la confiture sur le tablier. Ses cheveux portent des traces de pâte sablée. Elle est certainement en train de faire plaisir à quelqu'un.

Je suis incapable de dire pourquoi, mais cette générosité permanente m'agace. J'ai envie de lui dire de vivre pour elle, de cesser de consacrer ses loisirs aux voisins. Des voisins qui, d'ailleurs, me parlent trop souvent des Legren : « Qu'est-ce qu'ils sont gentils, comme ils sont disponibles, toujours prêts à rendre service, jamais avares d'un compliment ! », et bla-bla-bla et bla-bla-bla. J'ai beau les apprécier moi aussi pour ces mêmes qualités, ils m'énervent depuis le jour où ma femme les a cités en exemple : « Tu vois, ce n'est pas toi qui te lèverais un dimanche matin à sept heures pour aider ton voisin à couper son bois » ; « Le jour où tu donneras ton samedi pour aider à la fête de la commune, la Durdent aura séché » ; « Tu n'es pas fichu de faire une tarte, mais tu mangerais celle de Cathy à toi tout seul si je ne t'arrêtais pas » ; etc.

Je pourrais me rappeler cent comparaisons, haïr cent fois plus feu ma femme (j'adore cette expression) et détester les Legren. Mais je sais bien qu'ils n'y sont pour rien. Au fond, je les plains de ne pouvoir vivre qu'au travers des autres. Ils devraient nous remercier d'accepter leurs cadeaux. Ils seraient malheureux comme les pierres si nous les ignorions. Et pourtant, jamais Cathy ne m'a remercié d'avoir donné un sens à l'après-midi qu'elle a passé à me faire des compotes.

Je n'aime pas qu'on dise du bien des gens que je connais. J'aime encore moins qu'on en dise du mal. L'idéal serait de ne pas en parler.

Si j'avais interdit à ma défunte épouse (que c'est bon !) de me conter les exploits de nos connaissances, nous aurions vécu dans le silence. Quoique... La lecture des magazines *people* lui aurait fourni matière à m'assommer tout autant : « Tu as vu Angelina Jolie, ce qu'elle fait pour les petits Africains, et Bono, contre le sida, et Michael Douglas, contre les armes aux États-Unis, et Kouchner... » Mais comment ai-je pu tenir si longtemps ? J'ai débuté avec une réserve de patience dont je ne soupçonnais pas l'importance. Une réserve suffisante pour passer deux vies avec une femme normalement pénible.

Cathy me fait un grand sourire. Je colle ma joue contre la sienne en embrassant l'air. Elle a la peau grasse et sa tarte l'a mise en sueur. Elle est moite. Gentille et moite. Elle m'informe de l'absence de Fred. Elle m'invite à m'asseoir et me propose de boire un alcool de poire de sa composition. Je déteste l'alcool. J'accepte. Je me tais. Elle se met à me parler d'un projet associatif qui lui tient à cœur depuis des années. Elle me demande mon avis. Je m'en fous. Je suis venu voir Fred. Sa femme est gentille, moite, vilaine, et elle me demande mon avis. Ma main caresse mon cran d'arrêt. Je n'ose pas lui dire qu'elle m'ennuie. J'ai le pouvoir de la faire taire. Là, tout de suite. C'est orgasmique. Je peux créer la vie. Il y a dix secondes, elle était morte parce que je l'avais décidé. Elle vit maintenant parce que je le veux. C'est comme si je la voyais naître. Morte, vivante. Morte, vivante. C'est le jeu du karma. Le sien est-il bon ? Je sors mon couteau. Je le pose sur la table. Elle le voit et me demande si je veux une tranche de saucisson. Elle est insupportable. C'est gras, la charcuterie. J'accepte. Elle ajoute un bol de cacahuètes et des chips. Elle me dit que Fred ne va pas tarder et que ça lui ferait plaisir que je reste dîner avec eux. J'aurais dû la tuer pendant mon orgasme.

L'envie est retombée. Elle met mon couvert en bout de table pour que je préside. Elle me parle toujours de son projet. Je suis le premier à le découvrir. Je le qualifie d'excellent. Elle s'en réjouit. J'ajoute qu'il est essentiel à la vie communale. Si je le critique, elle sera triste et je devrai la réconforter.

Fred arrive enfin. Sa femme s'interrompt. Il me serre chaleureusement la main et me demande ce qui m'amène. Comme je n'ai plus l'entrain que j'avais tout à l'heure, et encore moins la force de crier ma joie, je lui réponds que je suis venu emprunter sa scie circulaire. Il me dit que j'ai bien fait. Il se lave les mains et nous passons à table. Je me rends compte que le marchand de journaux est fermé à cette heure-ci, et que je n'irai pas à la gendarmerie demain. Avec ma morte qui embaume le salon...

Fred, c'est une force de la nature. On le croirait professeur de musculation. À sa place, avec un tel physique, j'aurais joué les durs. Tout le monde m'aurait craint. J'aurais été le roi du village. Fred, on l'appelle « le grand mou » parce qu'il n'élève jamais la voix et qu'il est plus souvent pour que contre. Il le sait, ça l'amuse. Il dit qu'il préfère « grand mou » à « grand con ». Moi, ça me rendrait fou. Surtout qu'il est tout sauf mou, Fred. Il est juste gentil, dégoulinant de gentillesse. Ça le rend parfois horripilant, comme sa femme. Il a la voix moins aiguë qu'elle, et puis, dans ses monologues, il met des silences pour reprendre son souffle, c'est pour ça que les gens préfèrent discuter des projets de la commune avec lui plutôt qu'avec Cathy.

Je les regarde. Ils échangent leurs idées pour un meilleur assainissement du village. C'est Cathy qui parle le plus. C'est une passionnée. J'en déduis que, contrariée, elle doit être dangereuse, comme l'était ma moitié (qui doit être raide à l'heure qu'il est, hé ! hé !).

Il n'existe aucun remède contre la passionnée gentille. De nature généreuse, elle aime à l'excès, s'accomplit dans le don, et souhaite en retour l'amour et l'attention qu'elle dit mériter.

Je devais ainsi répondre à chacune des attentions de Sylvie par une preuve d'amour. Soit. Encore faut-il percevoir l'attention et savoir quelle preuve elle attend. Je l'entends encore me dire : « Je t'aime, mon amour », et moi lui répondre : « Moi aussi, je t'aime. » Mauvaise réponse ! Au choix : voix monocorde, ton sonnant faux, réplique automatique, manque de tendresse du geste accompagnant la réponse, air non convaincu, sentiment exacerbé de lassitude, réponse pour avoir la paix, et j'en passe. La seule bonne réponse possible est... dans sa tête à elle ! On pourrait m'opposer que je ne devais pas être amoureux, que ces mots sont naturels, que c'est le cœur qui les dit. J'étais tout aimant, mon cœur parlait une autre langue, mon corps aussi, et nous ne nous sommes jamais compris.

Le divorce ? Elle m'aurait tué plutôt que me perdre. Une liaison ? Elle aurait tué l'amante. Je n'ai vraiment pas eu le choix. N'importe quel juge comprendra ça. J'éviterai simplement de détailler le plaisir que j'ai pris à la tuer. Quand je pense que je peux rentrer ce soir quand je veux ! Qu'elle ne m'attend pas pour dîner, affamée, prête à me reprocher mon retard, et ressassant sa colère pendant tout le repas, jusqu'au lendemain matin. Que c'est bon !

La logorrhée de Cathy m'incite à penser qu'elle subira un jour le même sort que ma belle. Nous en sommes au fromage. Fred remplit de vin le verre que j'avais pris soin de ne pas finir, et Cathy est heureuse à l'idée de me faire déguster sa tarte au citron meringuée.

Le repas terminé, nous passons au salon pour discuter. Là, Cathy m'annonce qu'elle viendra demain à la maison voir Sylvie, et qu'elle lui apportera une petite tarte au citron rien que pour elle, parce qu'il n'y a pas de raison. Je balbutie que Sylvie est au régime, que, d'ailleurs, elle n'est pas là demain parce que c'est sa journée sport, qu'elle va courir, faire du vélo et jouer au tennis chez des amis. Cathy, qui ne savait pas plus que moi que Sylvie jouait au tennis, renonce et me propose de passer en semaine. Je lui dis que je trouve l'idée excellente et je colle une dernière fois ma joue contre la sienne avant qu'elle n'ajoute un mot.

Fred a les clefs de sa voiture en main pour me raccompagner. Je préfère marcher pour digérer. Il m'explique qu'« avec une scie circulaire la promenade sera moins digestive ». Il a raison. J'ai deux minutes de trajet pour lui expliquer pourquoi il ne peut pas entrer chez moi. Nous sommes déjà devant ma grille. Je lui dis que je prendrais bien un dernier verre avec lui mais que j'ai peur de réveiller Sylvie qui s'est couchée tôt pour sa grande journée de sport demain. Il n'insiste pas et me souhaite bonne nuit.

Ouf ! Je plains les tueurs en série.

Moi qui aime le calme. Sylvie m'en aura privé jusqu'au bout. Je pense à elle, mais peut-être qu'inconsciemment je suis stressé par monsieur et madame Derangon. *A priori*, ça ne justifie pas ma boule à l'estomac, mais comment savoir réellement ? C'est peut-être la crainte d'être arrêté comme un petit malfrat, menotté et poussé sur la banquette arrière d'une vieille Peugeot, en sachant les voisins à leur fenêtre. C'est pour ça que je veux me livrer. C'est digne, c'est discret. J'évite un fastidieux travail à nos gendarmes. La solution idéale !

C'est bizarre, cette boule. Je ne l'avais pas il y a une heure. Elle s'est formée lorsque Cathy m'a dit qu'elle passerait demain. Mais c'est avec Fred, dans la voiture, que j'ai ressenti les premières brûlures à l'estomac. Je m'imaginais devoir le tuer, puis retourner chez lui m'occuper de sa femme avant qu'elle ne s'inquiète. En deux minutes, j'ai dû trouver le moyen de l'exécuter, le scénario pour en finir avec Cathy, et l'excuse pour l'empêcher d'entrer, afin d'éviter un passage à l'acte hâtif, bien que prémédité, avec tous les risques qu'il aurait comporté.

Vraiment, je m'impressionne. Cette agitation m'a épuisé. Je me couche. Je prends deux comprimés de Spasfon par précaution. Je ne pense pas que j'aurai mal au ventre cette nuit. C'est déjà en train de passer.

DEUXIÈME JOUR

J'ai dormi comme un bébé. Je n'ai pas eu froid au petit matin parce que personne n'a tiré la couette ni découvert mes épaules. Je n'ai pas été obligé de me lever à sept heures pour « montrer au voisin que ma femme n'a pas épousé un fainéant ». Et surtout, j'ai pu mettre plus de beurre que jamais sur mon pain, sans que « mon taux de cholestérol déraisonnable » n'altère mon plaisir.

Je me sens bien. Je m'habille coloré.

Je pense aux proches qu'il faudra prévenir. Sylvie attachait une grande importance à l'organisation de son enterrement. Je me souviens qu'elle n'invitait à la maison que les gens dont la présence à ses funérailles lui semblait certaine. Elle avait besoin d'être entourée. Par peur de perdre ses amis, elle leur pardonnait tous leurs écarts. Dommage qu'elle n'ait jamais fait preuve d'une telle mansuétude à mon égard ! Pour l'instant, ça ne sert à rien que je fasse cette liste, je n'ai toujours pas les timbres. Je vais plutôt dire bonjour à la défunte.

Je n'aime pas aller dans la buanderie. Il y fait moite. Il règne autour des machines une odeur de lessive chaude qui me rappelle la teinturerie de mon enfance. Je n'aimais pas la dame qui la tenait. Elle avait un gros chien qui déambulait au milieu des machines et me sautait dessus dès que j'entrais. « Il n'est pas méchant, il veut jouer », disait la teinturière tandis que j'essuyais la bave de son berger et ses traces de pattes sur mon pantalon. Elle a vendu sa boutique à un couple de Chinois sans histoires et sans chien, mais l'odeur de lessive et l'humidité ont subsisté. J'ai toujours l'impression que l'animal va surgir quand j'ouvre la porte de la buanderie, mais cette fois, j'entre avec plaisir : Sylvie se tient sage, roulée dans son tapis, entre la machine à laver et le sèche-linge.

On peut enfin discuter calmement, Sylvie. Tu la ramènes moins, maintenant... Qui c'est qui l'a eu, cette fois, le dernier mot, hein ? C'est ton Bibi. Et qui c'est qui va me foutre la paix ? C'est ma Sissi. Je peux faire gueuler la musique, là, qu'est-ce que tu vas dire ? Rien. Je peux commencer par le dessert, mettre plein de beurre pour cuire la viande, enfumer la maison de saumon grillé... Qu'est-ce que tu vas faire ? Rien.

T'es finie, ma grande. Terminée. T'es juste

bonne à filer aux vers. Et encore, tu serais fichue de les emmerder. Je t'entends : « Allez-y doucement, les asticots, il y en aura pour tout le monde. Faites la queue, ne vous bousculez pas, soyez raisonnables. » Tu vas les dégoûter de te bouffer.

Ce que tu as pu me pourrir la vie, quand même ! C'est à peine croyable. Si je ne t'avais pas tuée, je ne pourrais plus me regarder dans une glace tellement j'aurais honte de continuer à te subir sans rien dire.

Je te hais. C'est viscéral.

J'aurais dû te mitonner une mort horrible pour que tu me supplies de t'achever. J'ai raté le meilleur. Je te coupais d'abord la langue pour éviter les cris, je te brûlais, par petits bouts pour que ça dure, et je t'arrachais les ongles... Je suis passé à côté de tout ça. Trop impulsif, comme toujours.

Quel plaisir de pouvoir te dire ce que je pense de toi sans être interrompu ! Tu ne te vantes plus « d'être une femme adorable » ? Ni de « tout faire dans la maison » ? C'est vrai que tu faisais tout. Les carreaux parce qu'il avait plu, le repassage jusqu'à mes slips et mes chaussettes, la cuisine à ton goût, la vaisselle avant de la ranger dans le lave-vaisselle, les courses parce que sinon j'allais oublier l'essentiel, le lit parce que je bordais trop court, l'aspirateur parce que je n'allais pas dans les coins. Et la poussière sur les meubles, hein, cette « saleté de poussière qui se redépose tout le temps », tu vas la bouffer, maintenant, la poussière, et je penserai à toi, en cellule, quand j'en verrai. Je me dirai : « C'est peut-être ma femme. » Et là, je ferai le ménage.

Pauvre merde, tiens ! Et tiens ! Je vais te la faire éclater ta rate. Ah ce que c'est bon !

Non, ce n'est pas bon. Parce que je m'énerve et, après, je suis tendu pendant des heures.

Je vais aller me balader. Ça va me détendre. J'en profiterai pour acheter tes timbres.

Bon sang, ça pue ici ! C'est toi qui pues ! On sent que tu ne te douches plus matin et soir. Moi, c'est l'inverse. Je n'attends plus la salle de bains une heure. J'ai le temps de me briquer. Je te jure, tu serais fière, je brille. Je sens bon l'eau de toilette. J'ai la peau douce, je t'ai piqué ton savon spécial, tu sais, celui qui enlève les impuretés, que je n'avais jamais le droit d'essayer, qui ne devait pas recevoir une goutte d'eau. Ton savon génial, qui, d'ailleurs n'a rien de génial. Il décape et basta ! Quand je pense combien tu payais ça ! Tu trouverais ma peau douce rien que pour justifier le prix de ton savon. Plus j'en parle, plus l'odeur devient insupportable. Je vais te congeler avant de m'improviser éleveur de vers.

Tu as de la chance, cocotte, tu vas retrouver ton coin favori. Tu devines ? Attends, je vais t'aider : « J'en ai marre d'aller chez Leclerc deux fois par semaine parce qu'on ne peut rien stocker ! » Alors ? Un autre indice : « On n'a qu'à acheter le plus grand, on sera tranquilles plus longtemps. » Un dernier, parce que tu n'es pas concentrée : « J'ai trouvé un 195 x 66 vertical pour huit cent quatre-vingt-dix-neuf euros sur le site de Darty. »

Gagné !

Et si j'enlève les tiroirs, je ne devrais pas avoir de mal à caser ton petit mètre soixante dans ton Bosch.

C'est bien, Bosch, c'est une vraie marque. C'est connu, c'est de la qualité. Je te le souhaite, ma biche. Tu l'as choisi, je l'ai payé, tu vas en profiter. Rien n'a vraiment changé.

En tout cas, ton idée de le mettre à la cave était excellente. L'intuition féminine, je suppose. Ce qui est idiot, c'est de jeter les surgelés. À moins que je ne les donne aux gendarmes, ou au voisin ; je verrai.

Dis donc, tu es bien raide, là. Tant de séances de yoga et de stretching pour ça ! Tu vas tenir debout facilement. Regarde. Oh ! hisse ! Avoue que tu es bien, là. Tu as l'air d'une momie, dans ton tapis.

Attends, je ne vais pas te congeler habillée. Je vais te désaper une dernière fois, à ma manière. J'ai toujours rêvé d'arracher ton chemisier, comme au cinéma. Tu aimes ? Ça t'excite ? Et tes gros seins que tu ne montrais pas sans soutien-gorge « parce qu'ils ne tenaient plus comme à dix-sept ans »... Fais voir un peu... Ça tombe, mais c'est du costaud. Je les connais par cœur, je pourrais les reconnaître au toucher, au poids surtout. Mais là, ils sont fermes comme jamais. Tu me fais bander.

Je peux... – mon fantasme ! plus rien ne m'empêche de le faire – te mordre le téton. Pas le mordiller, croquer dedans.

Je tente ?

Allez ! Mmm ! C'est bon ! C'est dur comme un caillou maintenant. Je t'en ai quand même arraché un petit bout.

Allez, vire-moi ta culotte !

Toujours sexy à poil, ma salope, même avec un téton en moins. Je ne vais pas te prendre morte, mais je comprends les barjots qui font ça.

Comme je respecte ta pudeur maladive, je te redonne ton tapis. Fais-t'en une toge. Trouve ton style. Tu disais toujours : « Un rien m'habille ! »... Mets bien ta tête en arrière, Nefertiti, que je puisse fermer la porte, c'est ça, comme ça. Ne bouge plus. Et hop !

So long, baby !

À moi le glaçon, demain. C'est la morgue qui va être contente. Je leur mâche le boulot.

Je laisse tout ouvert pour aérer. Je vais me promener.

*

* *

C'est la même balade qu'hier, et toujours le même plaisir. L'eau de la Durdent est si claire que j'ai l'impression de pouvoir saisir les poissons à mains nues. J'ai envie d'y mettre les pieds. Je ne le ferai pas, elle est froide, mais cette eau transparente me tente diablement. Et toutes ces truites qui barbotent... Et un saut, et un ! C'est joueur, une truite. Je suis sûr que c'est un poisson toujours de bonne humeur.

À ce rythme, je serai chez le marchand de journaux après la fermeture. Si j'y arrive ! Je n'ai pas réussi, hier. Je voulais trouver quelqu'un qui mérite de passer au journal télévisé pour raconter mon histoire, et j'ai juste tué les Derangon et mangé un cassoulet.

Limpide ou non, cette eau ne me détournera pas de mes timbres. Je n'ai qu'à penser aux gens sympathiques dont je voudrais faire la promotion.

*

* *

Monsieur Langlois !

Voilà un homme que j'aimerais aider. Il est ouvert, gentil, mais pas trop ; il ne nous a pas pris de haut lorsque nous sommes arrivés, et il nous a présentés à tout le village pour faciliter notre intégration. Sans lui, nous serions encore des « parasites de Parigots », comme ces « saletés d'Anglais qui ont racheté la maison du notaire ».

Il doit être chez lui. Il est en pré-retraite. Il travaillait chez France Télécom et a eu la chance qu'on lui propose de partir avec un gros paquet d'argent et soixante-dix pour cent de son salaire jusqu'à sa retraite.

J'ai raté ma vocation. Il y a vingt ans, j'aurais dû entrer aux PTT. J'aurais trouvé une fille tranquille au service commercial. On habiterait un pavillon de banlieue et on rêverait d'une petite maison de vacances ici. Elle n'aurait rien sacrifié pour moi et je ne lui devrais rien. Nous aurions deux enfants, une baby-sitter les soirs de cinéma. Je me dirais que je passe à côté d'une vie trépidante ; je chercherais à me convaincre que je suis malheureux, que je méritais mieux que cette vie médiocre, mais je dormirais profondément et je ne refuserais pas de me lever. J'aurais bien des réveils difficiles, mais certainement pas la peur au ventre à l'idée d'affronter ma femme un nouveau jour. Bon sang, je recommence ! Je suis obnubilé !

Stop ! Je ne pense plus à rien. Je profite. Il me reste peu de temps.

Je sonne.

Monsieur Langlois ouvre. C'est un homme vif et rayonnant qui m'accueille. Son œil pétille.

Il doit avoir près de soixante ans et on dirait un adolescent. Il a l'air heureux de me voir. Il me dit qu'il aimerait bien taquiner le goujon aujourd'hui. Il ne me laisse pas le temps de m'asseoir et me tend une canne à pêche. « On pourra parler en pêchant, les truites n'ont pas d'oreille », lance-t-il. Je le suis, même si l'idée de tuer des truites ne m'enchante guère.

Ma conversation s'est limitée à un bonjour que j'ai voulu enthousiaste. Nous marchons le long de la Durdent. Elle nous mène vers un îlot minuscule. Monsieur Langlois s'arrête. Il sort de son sac deux petits trépieds « pour qu'on ne se fatigue pas plus que les truites », sa boîte de mouches ou d'hameçons (je n'y connais rien et je n'ose pas lui avouer que je n'ai jamais pêché) et s'arc-boute sur sa canne pour accomplir quelque geste méticuleux que je crains de devoir effectuer.

« Vous êtes encore parisien, au fond. Vous n'entendez pas l'appel de la pêche ? » Je confesse ma surdité. Il m'explique qu'« il ne s'agit que d'un bouchon de cire » et qu'il va le faire sauter. Avec patience, il m'assomme de mots savants, et nous finissons par lancer nos lignes.

Je fais semblant de me réjouir.

Nous restons silencieux de longues minutes. J'évite de penser à mon cadavre. Ça y est ! Il est là ! Il flotte dans son tapis ! Je n'aurais pas dû essayer de ne pas y penser. Je le savais.

Heureusement, monsieur Langlois interrompt la baignade de Sylvie : « Ça fait longtemps que vous n'étiez pas passé me voir. Je me demandais ce que vous deveniez. » Je lui dis que je vais bien depuis que j'ai tué ma femme. Ça n'a pas l'air de l'étonner.

« Vous avez tenu longtemps ; moi j'ai craqué au bout de sept ans », dit-il. Je lui réponds que je ne suis pas sûr d'avoir bien compris. Il me confirme qu'il a tué son épouse après sept ans de mariage. Je ne parviens pas à le croire. Il doit penser que je plaisante et plaisante en retour. Il insiste : « Croyez-moi. Ça n'a rien d'exceptionnel, vous savez. C'est humain. » Je lui demande ce qu'il a fait du corps. « Je l'ai enterré dans le jardin. »

Ça ne peut pas être aussi simple.

Je veux connaître les détails de son assassinat, son alibi. Tout, je veux tout savoir.

Il frétille de bonheur, le Langlois ! La simple évocation de son crime le transporte. Il revit la scène. Il mime les coups de hache, il détaille la tête qui explose, le sol et les murs rouges. « Et je vous ai gardé le meilleur pour la fin : le fer de hache dans le vagin, qui remonte jusqu'à la poitrine ! »

Je comprends sa joie.

J'ai envie de le tuer. Il vient d'ôter à mon acte sa saveur. Pire, il l'a banalisé.

J'hésite. J'ai toujours mon couteau dans la poche.

Dans le doute, abstiens-toi.

Moi qui étais si fier. Et si France Télécom et Oherville regorgeaient de veufs criminels ? Pourquoi me livrer, après tout ? Pourquoi moi et pas lui ? Ce serait injuste. Je ne vais pas le dénoncer, il ne mérite pas ça. Ni le tuer. Non, il va m'aider.

Je lui demande ce qu'il ferait à ma place. « Je découperais le corps. Pour le plaisir, Monsieur Pons, pour le plaisir ! »

Et s'il avait raison ? Si je passais à côté de ce bonheur ? Bêtement. Par honnêteté et souci de la justice.

Le bougre jubile : « Je me revois cachant les morceaux de Blanche dans le jardin, comme les œufs de Pâques pour mes neveux. J'ai éprouvé mon plus grand orgasme en découpant ma femme à la scie égoïne. Je choisissais minutieusement où scier ; je coupais des bouts de plus en plus petits pour faire durer le plaisir. C'était devenu mon rituel du matin avant d'aller travailler. Je m'en suis gardé un petit morceau au congélateur en souvenir. Ne passez pas à côté de ces moments, Monsieur Pons. Ce sont les meilleurs. »

Comment douter face à la joie de cet homme ?

Il me fait observer que le temps a passé, qu'il n'en veut plus à sa femme, et qu'il se promène volontiers dans l'immensité de son nouveau corps : « J'ai planté des fleurs sur chaque partie enterrée. Je me suis amusé à dessiner ainsi une femme en pointillés que l'on discerne très bien depuis la fenêtre du grenier. »

Je dois sembler incrédule. Il précise : « Imaginez un sentier fleuri. Vous déambulez tranquillement de pieds en seins, de mains en tranches de cuisse, ou de mâchoire en avant-bras. C'est tout de même mieux qu'un cimetière ou vous restez planté devant la tombe. Là, vous êtes *dans* le corps. »

Je note la supériorité incontestable du jardin humain face au cimetière traditionnel, mais cet homme est un passionné, un amoureux de la vie, ça se sent et je suis incapable de tant de créativité dans ce domaine. Sa solution ne me convient pas. Je n'ai pas envie de consacrer du temps à celle qui m'en a déjà trop volé. Ni d'efforts physiques.

« C'est trop fatigant pour moi, Monsieur Langlois. Je veux en terminer rapidement. Je veux bien la découper en cinq, six morceaux, l'enterrer, mais je me refuse à l'idée de l'arroser régulièrement pour qu'elle pousse. J'aurais trop peur qu'elle râle encore si j'oubliais. »

Je ronchonne que ce serait plus simple que j'aille à la gendarmerie, je ne m'occuperais de rien, sauf des faire-part. Il me répond qu'il prend en charge Sylvie de A à Z si j'accepte qu'il la découpe. Sa proposition me paraît honnête. Il a de l'expérience. Autant en profiter. Je lui dis : « D'accord ! » en lui tendant la paume de ma main. Il tope.

Nous retournons pêcher.

Monsieur Langlois est déçu. Ses conseils ne m'ont été d'aucune utilité. Je n'ai rien pris. Il a eu quatre truites. Il m'invite à les manger avec lui. Nous passons la fin de l'après-midi à discuter autour d'un thé. C'est calme chez lui. Il me fait visiter sa maison, fier de l'avoir bâtie de ses mains, et me conduit au grenier pour que j'aie vue sur sa femme. Il faut bien le dire, son jardin a de la gueule. Sa femme devait être belle. Je le félicite. Il me répond qu'« au moins, elle n'est pas morte pour rien ». Je souris. Nous descendons préparer les truites.

Monsieur Langlois m'invite à l'appeler Raymond.

Il sort une bouteille de mousseux pour fêter notre accord, puis nous allons dans le jardin griller les truites au barbecue. J'ai une pensée pour sa femme qu'on enfume. Il règne un petit vent frais qui nous incite à dîner à l'intérieur. Nous parlons peu. Et pas encore de Sylvie. Nous passons au crible les défauts de nos voisines en plaignant leur mari.

Je nous trouve misogynes. Je ne me sens pas à l'aise quand je dis du mal de quelqu'un. Mais je ne peux pas me désolidariser de Raymond ; je veux être bien avec lui. L'amitié se noue souvent dans la médisance. Alors je médis. Et si je n'ai rien à dire sur une voisine, je lui colle un défaut de ma femme.

Raymond a une dent contre la jeune mère de la maison d'en face. « Elle ne sait pas élever ses enfants ; elle leur passe tout jusqu'au moment où elle les gifle. Elle a de la chance que je ne sois pas le père, car je n'aurais jamais accepté qu'on touche un cheveu de mes enfants. » Il ajoute qu'il aurait aimé en avoir, mais que sa femme n'en voulait pas. Il ne s'est jamais remis en couple « parce que le jardin est parfait comme ça », dit-il en clignant de l'œil.

Nous en sommes au dessert. Raymond commence à échafauder le « plan Sylvie ». Il me propose d'agir en fin de semaine et en plein jour : « Le samedi, les gens bricolent et font du bruit, ce sera parfait pour la scie circulaire. » Il ajoute : « C'est plus rapide, mais, pour les sensations, ça ne vaut pas une bonne vieille égoïne. »

Je lui dis de faire la liste de ce dont il a besoin, que je me charge de toute l'intendance.

Il pense à de la bâche plastique, à une longue rallonge électrique « pour qu'on puisse découper à la cave et qu'on ne soit pas ennuyé si quelqu'un passait », à une lame de rechange. Il me conseille aussi d'acheter une scie, « pour ne pas rendre à Fred sa circulaire avec des bouts de Sylvie dessus », deux grands tabliers, des gants de protection, « parce qu'on ne se protège jamais assez quand on bricole », des bottes en plastique et du liquide vaisselle, « parce que, l'électrique, ça en fout partout ».

Il arrivera samedi à neuf heures avec sa scie, au cas où. Il me fait remarquer que j'ai de la chance d'être tombé sur un gars qui fait ça pour la beauté du geste, car d'autres exigeraient d'être grassement payés pour un résultat sans doute moins bon ; ce que je confirme en lui rappelant, néanmoins, que c'est son idée.

Raymond me propose un digestif « pour fêter notre accord ». Je commence à être fatigué, mais j'accepte. Il me parle à nouveau de sa femme, ou de son jardin, c'est pareil, je ne sais plus.

Je dois me coucher. Il faut qu'il le comprenne.

Je guette un silence pour m'y engouffrer. C'est terrible, il parvient à parler en buvant. Je l'interromps. J'insiste sur ma fatigue. Je me lève avant qu'il ne me resserve un verre. Il tient à me raccompagner en voiture. Il ne veut pas que je marche seul, la nuit, sans éclairage, sur la départementale.

Nous discutons une dernière fois de notre plan dans sa camionnette. Le trajet est trop court pour lui donner le temps d'aborder un autre sujet. Je ne l'invite pas à prendre un dernier verre, prétextant l'heure tardive. Il fait semblant de comprendre. J'espère qu'il ne m'en veut pas. Je le salue, le remercie pour ses truites délicieuses, et rentre me coucher.

J'ai encore oublié mes timbres. De toutes façons, samedi, grâce à Raymond, Sylvie ne sera plus morte, elle aura « quitté le domicile conjugal depuis un temps étonnamment long », et, à ma connaissance, on n'envoie pas de faire-part pour une disparition.

TROISIÈME JOUR

J'ai mal dormi. J'ai rêvé à Raymond toute la nuit. Je le vois s'approprier mon œuvre. Je n'aime pas ça. Comme je n'aime pas imaginer ma femme entre d'autres mains que les miennes. Ce doit être de la jalousie *post-mortem.* Je ne sais pas quoi décider. J'ai donné mon accord à Raymond. Il serait déçu si je changeais d'avis. Même à la circulaire, il a tellement envie de s'occuper de Sylvie ! Ça le rajeunirait de quelques années. Mais je ne serais qu'un assistant chargé de l'intendance. Le pire, c'est que j'ai choisi ce rôle tout seul. J'étais la vedette, je me retrouve figurant. De mon propre chef, et contre ma volonté !

Comment suis-je parvenu à ce paradoxe ? Le manque de confiance ? Le manque d'expérience ? La peur ? Je recommence à avoir ce mal au ventre bizarre, entre brûlures d'estomac et nausée. Je me sens vide. Je n'ai même pas envie d'insulter Sylvie, ni de la cogner pour me défouler. Je n'ai pas de haine, ce matin. Je suis mou. Je ne dois pas me laisser aller pour une question d'amour-propre. Je vais me promener. L'air frais me fera du bien.

J'entends Sylvie qui se moque : « Tu es incapable de finir quelque chose ; tu ne mènes jamais tes projets à leur terme ; tu es un faible. » Je devrais peut-être lui donner un ou deux coups, ça me vivifierait plus que le crachin dehors.

*

* *

Je suis content, je n'ai pas répondu à Sylvie. Je marche le long de la Durdent, par habitude. Je me sens perdu. Mes timbres, au moins, me donnaient un but, mais puisque je n'ai plus à envoyer de faire-part...

Si je ne raconte mon histoire à personne, c'est un peu comme si je n'avais pas tué ma femme. Et dans trente ans, je devrai m'en convaincre pour le croire. Tandis que, si je me livre aux gendarmes, je passe à la postérité ohervillaise. Ça mérite réflexion. J'aurais besoin d'un avis neutre, d'un conseil désintéressé. Il me reste juste assez de lucidité pour voir que je ne suis plus lucide. Raymond m'a mis la tête à l'envers. Avant de le rencontrer, j'avais les idées claires. J'ai besoin de me confier à quelqu'un. Une personne capable de garder le secret jusqu'à la mort de Raymond.

Jusqu'à... Voilà la solution ! Raymond découpe Sylvie, je le tue après. Je crée une mise en scène géniale ; je vais chez les gendarmes ; je leur explique que j'ai surpris Raymond en train de trucider ma femme, que ça m'a rendu fou et que je l'ai étranglé. C'est bon, ça. C'est bon...

Non, ça ne colle pas. Il faudrait que je décongèle Sylvie au moins un jour avant, et encore, la police scientifique constaterait qu'elle était morte depuis plusieurs jours.

Mais comment font les *serial-killers* ? Je les admire. Je ne change rien au plan. Je déciderai le moment venu.

Je vais quand même acheter des timbres, ça peut toujours servir.

*

* *

Il faut d'abord que j'aille chez Laurent. Il est objectif, lui. C'est son métier : il est sage. Ou plus exactement « conseil en sagesse ». Des gens payent pour écouter ses conseils. La preuve que ça marche.

Je le vois régulièrement, Laurent. Il s'est installé à Oherville un an après moi. Je lui ai trouvé sa maison, un héritage d'enfants gâtés qui l'ont cédée pour rien.

Parisien d'origine, il a fui la capitale dès la prononciation de son divorce. Un modèle, son divorce. Presque une raison de se marier à lui tout seul. Cinq ans de vie commune sans heurts. Aucune dispute. Mais tandis que son ex-femme vivait avec lui une belle histoire d'amour, Laurent souffrait de leurs divergences spirituelles. Il l'a persuadée de divorcer par consentement mutuel. Elle est restée l'excellente amie qu'elle était avant leur mariage. Du grand art !

Laurent et moi, c'est une relation étrange qui dure depuis dix ans : je l'appelle, je me déplace, je pense à ses anniversaires quand il oublie les miens, je lui souhaite sa fête, il ignore la mienne, je l'invite à Noël, il vient les mains vides, je pose les questions, il a les réponses. Je ne suis pas son ami. C'est le mien.

Ses rapports humains m'intriguent : il aime tout le monde et n'a besoin de personne. Il est apprécié de tous, charismatique et transparent à la fois. Il est invisible au milieu des autres, mais si discret qu'on ne voit que lui.

Notre relation est intellectuelle. Lui la qualifie de spirituelle. Je ne sais pas ce qu'il entend par là.

On va chez lui comme on va chez l'abbé, pour se confesser. « Je ne juge rien, mais je dois tout savoir » – c'est par cette phrase qu'il commence ses entretiens. Il n'absout pas, il aide ; généralement par quelques mots qui « touchent directement notre conscience », ou par des conseils inimaginables, « fondés sur une vérité invisible ». Son langage ésotérique, son regard hypnotique et son magnétisme en font un Ohervillais atypique, réputé, et consulté par des Parisiens essentiellement.

Que vais-je lui dire ? J'improviserai.

*

*   *

Laurent m'accueille d'un « Bonjour Emmanuel » sobre et caverneux. Je suis mal à l'aise, comme toujours avec lui. Je sais qu'il ne brisera pas la glace en évoquant le temps frais pour la saison, ou le prolongement de l'autoroute jusqu'à Yvetot, sujet favori des comptoirs d'Héricourt. Je dois donc me lancer, et c'est d'autant plus difficile qu'il ignore que je viens le « consulter ».

Je lui demande s'il va bien, s'il est heureux avec sa nouvelle femme (il s'est remarié il y a six mois), si Paris ne lui manque jamais. Vite à court de questions, je marque des pauses de plus en plus longues entre mes civilités. Il ne m'aide pas. Il distille ses mots entre deux silences. Je ne sais si je dois me taire ou parler pour meubler. Quand je me tais, je me dis qu'il s'en étonne, et, quand je parle, j'ai l'impression de dire des banalités qu'il fait mine de ne pas relever.

Enfin, j'ânonne : « J'ai tué ma femme. Je ne sais pas quoi faire. »

Il me dit que c'est bien et ajoute : « Moi aussi. »

Je reste muet. Je n'ai plus la force d'articuler un son.

Raymond avait donc raison : en ce XXIe siècle, on ne divorce plus, on tue.

Est-ce parce qu'il me voit hébété qu'il reprend la parole ? « C'est un bon début, mais tu dois continuer. Chaque soir. »

Voit-il en moi le potentiel d'un tueur en série ? Ce n'est pas le conseil que j'attendais. Je lui fais part de mes doutes quant à la capacité de répéter cet acte tous les soirs. Il insiste : « Votre bonheur est à ce prix. »

Je ne comprends rien.

Je lui répète que Sylvie est morte.

Il répond qu'il prend soin de tuer sa femme chaque soir. Il précise : « L'image que je me fais d'elle, car elle n'est rien d'autre que ce que je vois, mêlé de ce que j'attends. »

Je lui demande s'il prend soin aussi de tuer ses voisins, et je lui cite les Derangon en exemple.

Il ne relève pas et reprend :

« Je tue ma femme dès je que pense la connaître, dès que je crois l'avoir comprise. Je ne veux pas passer à côté de son évolution quotidienne en la figeant dans l'espace de ma pensée.

Chaque jour, je la découvre, chaque soir, je la tue avant de mourir. Ainsi nous renaissons ensemble le lendemain. Elle agit de même avec moi. Nous sommes deux amnésiques éblouis chaque matin par la beauté du monde. »

J'ai envie de vomir. Je demeure figé face à lui. J'ai froid. Je parviens à sortir un bref remerciement. Je m'en vais. Je tremble.

*

* *

Laurent a fait semblant de ne pas comprendre. Je suis sûr que c'est parce qu'il ne veut pas avoir de problème. Je lui dis « j'ai tué ma femme », il répond « continue ». N'importe quoi ! Et des gens le payent pour ses conseils ! Quand je pense qu'il habite ici grâce à moi ! Indirectement, il me doit sa clientèle. Il n'avait pas le temps de chercher une maison en province. Sans moi, il serait encore parisien ! Et il ne m'a même pas écouté !

Où est le Spasfon ? Je sens que je m'énerve. Ça monte, ça monte.

*

* *

Sylvie... Sylvie ? Tu m'écoutes ? Je t'ai fatiguée, sans doute, avec tous les détails, mais il fallait que je te raconte mon rendez-vous avec

Laurent. Si tu savais comme je suis déçu ! Je me suis calmé, mais j'étais fou de rage tout à l'heure. Il est dans sa bulle, ce mec, ce n'est pas possible, il n'est pas humain ! Je suis déjà maladroit avec lui, de peur de dire une bêtise – ce qui ne rate jamais –, je prête une attention particulière à chacun de ses mots, sinon je ne pige rien, et lui il est là, tranquille, à dérouler ses idées, ces idées qui me passent – mais alors, totalement – au-dessus de la tête. Il ne me demande jamais comment je vais ; de toi, il se fout complètement ; pourtant *il nous aime*... et tout Oherville aussi, et la France, et le monde, « parce qu'on fait tous un ». Qu'est-ce qu'il m'énerve quand il me sort ça !

Tu vois, il ne faut vraiment rien attendre des autres. Tu aurais pu trouver bien pire que moi. Tu ne te rends pas compte de la chance que tu as eue.

Pourtant, au fond de moi, il y a une voix qui me susurre : « Il a raison. »

C'est toujours pareil ! Je ne comprends rien de ce qu'il me dit, mais ça fait son chemin, ça mûrit en moi – ça peut être très long, parfois, la maturation – et un jour... Tilt ! C'est sans doute pour ça que je continue d'aller le voir, malgré sa froideur.

Ce qui me fascine, chez lui, c'est qu'il n'offre de prise à personne parce qu'il n'est attaché à rien.

Tu t'en fiches, toi, c'est logique !

Je vais déjeuner. S'il y a de quoi ! Le frigo doit être quasiment vide. Et à cause de toi je ne peux même pas me rabattre sur le congélateur.

Mince ! Les tiroirs ! J'ai oublié de les vider. Heureusement qu'ils sont dans la baignoire ! J'aurais pu conserver des babioles au freezer deux ou trois jours. Je gâche. Je suis vraiment tête en l'air. Tu me le disais tout le temps, et, pour ça, tu avais raison.

Je ferai les courses tout à l'heure, en achetant les fournitures de Raymond. Je sais, je sais, je remets à plus tard... Épargne-moi tes remarques. Je suis épuisé.

Si je fais la sieste, je vais penser à des choses négatives, avoir mal au ventre et en vouloir à la terre entière quand je me lèverai ; alors je prends une douche et je me trouve une conserve dans un placard. Je ne me laisserai pas abattre par des charlatans soi-disant sages !

On sonne. Tu entends ?

Je n'attends personne. « Qui est là ? » Une voix autoritaire répond : « Gendarmerie ! »

Je ne sens plus mes jambes. Je manque de tomber en me dirigeant vers la porte. Je réplique par un « J'arrive ! » automatique, tandis que je m'arrête. Je recule maintenant. J'essaie de gagner quelques secondes. Je suis en sueur. Je pense à

Sylvie dans la buanderie, aux Derangon ; je suis heureux de ne pas avoir tué Raymond.

J'ouvre.

« Bonjour Messieurs. »

J'ai le cœur qui me frappe. Je voudrais l'arrêter.

« C'est pour quoi ? »

J'ai l'impression qu'on n'entend que mon palpitant dans le silence qui précède la réponse.

« On voudrait vous parler des Derangon. On peut entrer une minute ? »

Je n'ai plus de salive. De peur qu'aucun son ne sorte de mes lèvres collées, je leur fais signe que oui. Je déglutis discrètement et je réussis à leur dire de s'asseoir. Ils sont deux. Le plus âgé me demande si je connais les Derangon. Je cherche une chaise. Je profite de ce déplacement pour répondre que oui. Je prends mon temps. Ils veulent savoir quand je les ai vus la dernière fois. Je garde la tête baissée pour installer la chaise pendant que je leur réponds « il y a un mois environ ». Je ne peux pas continuer mon déménagement. Je m'assieds en face d'eux. Je commence à me ressaisir. Je me dis que, pour l'instant, je n'ai rien à craindre.

« Vous les connaissiez bien ? », continue le gendarme. Je sens le piège. C'est comme le jeu du « Ni oui ni non », si on relâche son attention une seconde, on perd. Là, par exemple, j'allais répondre : « Oui, c'étaient des voisins charmants. » Ils s'étonneraient alors que j'emploie un imparfait. J'inspire : « Relativement, ce sont des Ohervillais. » Je ne dois offrir ni prise ni piste. Juste des faits évidents.

« On les a retrouvés morts hier. Égorgés chez eux. » Le gendarme me scrute. Il a joué son coup, retourné le sablier, il m'attend.

Je prends l'air abattu : « Ce n'est pas possible ! »

À mon tour, j'observe mon public. Il ne réagit pas à ma performance. C'est bon signe. Il me demande si les Derangon auraient pu, à ma connaissance, avoir des ennemis dans la région. Je leur explique « qu'un coup de fourche peut tomber sur n'importe qui, mais que je n'étais pas suffisamment intime avec eux pour connaître leurs fréquentations ». Ma phrase est vague, elle ne veut pas dire grand-chose, c'est ce qu'il faut. Le gendarme m'apprend « que la police scientifique a effectué tous les prélèvements possibles chez les Derangon, dont l'élémentaire relevé d'empreintes ».

Je sens qu'il va sortir un tampon encreur de sa poche pour prendre mes empreintes. Je parie qu'ils relèvent celles de tous les habitants dans un rayon d'au moins cent kilomètres. Ils vont m'avoir. Soit j'accepte, et dans deux jours au mieux ils m'embarquent, soit je refuse, et ils me soupçonnent immédiatement. J'ai beau me répéter que j'avais prévu de me livrer et que j'ai déjà gagné deux jours de liberté supplémentaire, je tiens honteusement à ma liberté.

« Ce sera tout, merci », lance un des gendarmes en se levant.

Je suis étonné. J'essaie de ne pas le montrer :

« Vous devriez prendre mes empreintes et celles des habitants du coin ; comme ça, vous n'auriez plus qu'à les comparer à votre relevé. »

C'est fort, ça ! J'étais dans les cordes, me revoilà au milieu du ring, et maintenant, c'est moi qui cogne.

« Non, merci. On n'a pas reçu d'ordre pour ça. Et puis, si on doit relever les empreintes de tout le monde, moi je pose une permission avant. Vous ne voyez pas le turbin ? On va certainement nous décharger de l'enquête pour "la laisser à des pros", comme ils ont dit la dernière fois ; hein, Hervé, tu te souviens ? Notre rôle, c'est de bloquer les routes et d'assurer le gel des lieux. C'est tout. Ils nous ont envoyés poser quelques questions, c'est déjà exceptionnel. Ils nous prennent pour des branques, en haut, alors on ne va pas mouiller la chemise pour retrouver un Anglais de passage ou je ne sais quel Hollandais ; hein, Hervé ? »

Le collègue meugle un « Sûr, ça ! », qui conforte son chef. Je parachève mon enchaînement d'un ultime uppercut :

« N'hésitez pas à repasser, c'est toujours utile des empreintes. »

Ils me saluent en me remerciant. Ils espèrent que « tous les voisins se montreront aimables et compréhensifs », comme moi. Nous nous souhaitons l'indispensable « bonne journée ». Je les regarde s'éloigner. Je dois avoir l'air du coq et du paon réunis.

Sylvie disait qu'on devrait prendre les empreintes et l'ADN de tout le monde dès douze ans. Vol de voiture, viol sur mineur, meurtre ou cambriolage, celui qui n'aurait pas mis sa combinaison de spationaute serait fait. On ajouterait quelques caméras bien placées, et la criminalité resterait l'apanage des amoureux passionnés et des malades mentaux. Elle n'avait peut-être pas tort. Dans quelle catégorie je me mettrais, moi ? « Malade »... oui, d'avoir épousé Sylvie. Quant à « crime passionnel »... oui aussi, puisqu'elle était passionnée ! Deux raisons pour voir ma peine commuée en Travail d'intérêt général.

Ce serait quoi un bon TIG ? Mettre en garde les hommes seuls, par exemple. Organiser des séminaires de détection des emmerdeuses. Déterminer les meilleurs scénarios de rupture. Tenir à jour la liste des mensonges nécessaires à une double vie salvatrice. Je fais le mariole, n'empêche que je n'en menais pas large, tout à l'heure ! Au moins, maintenant, je sais que je ne veux plus me livrer aux gendarmes. Donc, au travail ! Faut pas décevoir Raymond.

*
* *

Je déteste aller à Yvetot. Onze mille habitants, un cinéma, une boîte de nuit ouverte deux soirs par semaine et des commerçants tous plus souriants les uns que les autres. C'est vilain, sans attrait et, pire, sans histoire. Même les agents des impôts sont sympathiques : ils vous téléphonent gentiment pour vous prévenir que vous risquez de recevoir une mise en demeure !

Mes sorties se limitent à Leclerc. Je suis fidèle. Je connais toutes les caissières. Je n'ai jamais tenté le Marché U. Je n'aime pas sa façade ringarde. Parfois, je pousse jusqu'à Barentin et sa zone industrielle. Dans la mesure du possible, je restreins mes déplacements à Leclerc. Je connais les rayons par cœur. Je boucle mes achats rapidement et je file retrouver ma rivière et ma vallée.

C'est fou comme elles me manquent dès que je m'en éloigne ! Je ne supporte plus le béton. Même le goudron des routes me gêne. Je préfère les chemins des agriculteurs, en terre ou grave d'Écosse, bordés de maïs, de blé ou de meules de foin, selon la saison. J'y cours, j'y croise un tracteur, parfois, et j'imagine que la civilisation a renoncé à avancer jusqu'ici.

*

* *

La scie, la lame de rechange, la bâche, la rallonge électrique, deux grands tabliers, les gants et les bottes en plastique, le liquide vaisselle. J'ajoute trois rouleaux de Scotch de déménageurs, ça peut toujours servir, un bidon d'essence au cas où... Je crois que j'ai tout. Ça me fait penser que je dois acheter un pot de peinture blanche pour les taches de la chambre. Et des crochets pour mettre au mur le tableau que Sylvie m'a offert l'année dernière. Ça fait vingt fois que j'oublie ! Là ! C'est dans le panier. On fait beaucoup mieux les choses quand il n'y a personne pour vous les rappeler.

Ce n'est pas la caissière habituelle ; elle est jolie celle-là. Je lui souris. Avec une voix profonde (façon Sean Connery), porté par un léger mouvement de tête, je l'aborde en douceur : « Je me mets au bricolage, ça me démangeait depuis longtemps. » Elle affiche un rictus, gazouille « qu'il n'est jamais trop tard pour commencer » et me tend la machine à cartes. Je lui fais remarquer qu'elle est nouvelle. « Moi ? » J'étire mon sourire au maximum : « Oui, Mademoiselle. » Elle répond : « Je tape si lentement ? » Elle doit être du genre susceptible. Je me borne à lui demander un sac. C'est dommage, elle a des yeux magnifiques et ne présente pas la surcharge pondérale commune aux femmes de la région. Tant pis pour elle.

J'ai tout ce que Raymond voulait. Je peux me détendre. Je vais voir les horaires des films au Drakkar.

*

* *

C'est le seul endroit que j'aime à Yvetot, le Drakkar. Les salles de ce vieux cinéma peu fréquenté ressemblent à des salons de projection privée.

Séance de dix-neuf heures... *Peindre ou faire l'amour*. Non. Auteuil et Azema partouzards, pas ce soir. *La Guerre des mondes*... On oublie. *Le Transporteur*... Tiens, ça pourrait m'être utile, ça, un transporteur. C'est de qui ? Leterrier ? Connais pas. Ça a l'air violent. Je n'aime pas les grosses productions violentes. Je préfère les petits films français ou italiens réalistes, comme *Le Pornographe*. J'aime aussi le romantisme et les téléfilms à l'eau de rose. Donc soit je rentre administrer les derniers sacrements à Sylvie et je lui fais un brin de causette avant de dormir, soit j'essaie *Le Transporteur*. Allez, j'ai donné suffisamment de soirées à Sylvie ; va pour *Le Transporteur*.

*
* *

Soyons positif, je n'ai perdu que sept euros. Cela dit, Sylvie m'aurait coûté moins cher encore. C'est drôle, j'ai hâte de la rejoindre. Je vais lui raconter ma journée et lui prédire son futur.

*
* *

Tu vois, ma belle, pour la première fois depuis longtemps, je suis heureux de te retrouver. J'ai envie de te taquiner, j'ai envie de rire avec toi.

Je te vois enroulée
Dans ton tapis brossé.
Ma colère est tombée
Et je te sens comblée.
Que peux-tu désirer,
Plus que d'être sciée ?

Tu m'inspires des vers, tu te rends compte ? Tu aimes ? Je t'en offre un autre :

Nue dans ton tapis,
Offerte aux vers amis,
Ton sourire est figé,
Ton futur est mort-né.

Hé ! hé ! Toi, ma muse ! Toi à qui je n'aurais jamais osé déclamer ne fût-ce qu'un vers. En quelle charpie l'eusses-tu mis ? Tu m'aurais trouvé ridicule, convenu dans mon habit de poète malhabile, serré dans mon costume de conteur, bref, mauvais, comme d'habitude.

Je suis déchaîné. Ce sont les gendarmes qui m'ont mis dans cet état. J'ai eu si peur que, là, je lâche tout. J'ai bien joué en leur proposant de prendre mes empreintes. Du grand bluff ! J'aurais dû jouer au poker. Tiens, encore un truc qu'il aurait fallu que je fasse en douce. Déjà que je devais me cacher pour faire un Loto parce que, « tu comprends, trois euros par semaine, ça fait plus de mille francs de perdus à la fin de l'année ». Demain, si Raymond n'a pas besoin de moi à plein temps, je me fais une grille complète. Si je veux être en forme pour l'aider, faut que j'aille me coucher, même si j'ai plutôt envie de faire la java...

Ce s'rait pt'ête pas la vraie de vraie,
Ma java de Broadway,
Mais c'est celle qui m'plairait,
Ta-ti-ta-ti-ta-ti-ta.

Eh ben, je ne suis pas couché.

Quand on fait la java,
Ma Sylvie, toi et moi,
Ça swingue comme là-bas...

Non. Stop ! J'arrête, sinon, tout le répertoire de la chanson française va y passer ! Sylvie, je te laisse danser toute seule. Bonne nuit. À demain.

*
* *

Je n'arrive pas à m'endormir. Ça m'a excité de faire la fête avec Sylvie.

J'ai épuisé Sardou, de *La Java de Broadway* aux *Bals populaires*, j'attaque Cloclo, d'*Alexandrie* à *Rio*, je revisite *La Maison vide* de Polnareff et j'embraye sur *Le Bal des Lazes*, devant un parterre de jeunes filles qui hurlent mon nom. Les plus hardies m'invitent à danser malgré la présence de ma femme. Elles tentent de la rendre jalouse : l'une ondule contre moi, l'autre me caresse la nuque, celle-là me roule une pelle. Drapée dans son tapis, Sylvie reste insensible à ces attaques mesquines. Elle me croit incapable de céder à ces « nymphes de pacotille » et raille leurs minauderies de « pucelles des champs ».

Je suis ailleurs, je suis partout, dans les bras de chacune, pelotant ces chiennasses sur un air de salsa. Celle-là s'évanouit ; celle-ci pleure d'envie. Je les veux toutes, j'ai la nuit pour moi.

Sylvie s'aventure sur la piste, altière dans son tissu rigide. D'un signe de tête, elle ordonne à l'orchestre de cesser de jouer. Les musiciens s'exécutent et mes belles disparaissent. Il n'y a plus que Sylvie et moi au milieu de l'arène. Les danseurs sont assis devant les buffets vides. Ils chuchotent. Ils attendent.

Lentement, le regard fixé sur mes yeux inquiets, elle dégrafe un à un les boutons de son tapis. Un bourdonnement grandissant dans le public fait écho à chacun de ses gestes. Je n'ose plus la regarder. Soudain, un cri, ou cent ! Sylvie est nue, toute nue, splendide au milieu de la piste. Elle s'approche de moi.

Mais qu'est-ce que j'ai à imaginer des trucs pareils ! Je suis totalement parti ! À la masse, le Manu. Ce n'est pas comme ça que je vais m'endormir.

Halte ! Je ne pense plus. Je ne pense à rien. Voilà, comme ça... À rien.

Elle était quand même sacrement belle, ma Sissi, elle... Stop ! J'ai dit : « À rien ! »

Je n'y arrive pas. Je revois nos premières nuits : fatigantes, épuisantes, avec vivres et boissons énergétiques pour tenir le coup.

Je vais tourner dans tous les sens jusqu'à demain et croupir dans ma moiteur.

QUATRIÈME JOUR

J'ai mieux dormi qu'hier. Je n'ai pas pensé à Raymond. Et quel plaisir de pouvoir bouger dans le lit ! Je le teste dans tous les sens, ce matelas. En long comme en travers, il est délicieux. Lui ou le sommier, je ne sais pas. Sylvie m'avait forcé à acheter les deux car elle ignorait ce qui rendait si confortable l'ensemble qu'elle venait d'essayer. Le prospectus que nous avions trouvé un samedi matin dans notre boîte aux lettres m'avait coûté, quatre heures plus tard, la modique somme de mille deux cents euros. « Tu sais bien que la santé n'a pas de prix, Emmanuel, et j'ai besoin d'un bon matelas pour mon dos », m'avait-elle dit devant le vendeur qui ne nous lâchait pas. J'ai eu beau lui expliquer qu'il valait mieux un futon bien dur pour son dos, son entêtement a eu raison de mon portefeuille.

Qu'est-ce qu'elle aura pu me faire acheter comme saloperies pendant toutes ces années ! On doit figurer sur tous les listings de vente par correspondance régionaux et nationaux. « Regarde, si on est dans les cent premiers clients, on nous offre, en plus de la remise, cette montre et un cadeau surprise. » Que répondre à son enthousiasme ? Le plus étonnant, c'est qu'elle n'a jamais été déçue par ses produits. Ou ne l'a jamais montré... Elle attendait ses Colissimo comme je guettais le Père Noël à cinq ans. Elle faisait la queue à la poste pour un colis de trois culottes à ruban rose plus une quatrième gratuite, et revenait enchantée. Alors que l'attente dans une file de cinéma « pour voir un film qui finira par passer à la télévision » lui était insupportable.

Nos fins de mois sont devenues difficiles avec l'irruption de l'internet dans notre foyer. Le temps de se familiariser avec ce nouvel outil, et Sylvie a rapidement fait de moi le fidèle client de tous les « .com » en vogue. Je n'imaginais pas que « nous manquions à ce point de l'essentiel » ! Mais pourquoi sa boulimie de disques, livres, robes ou autres objets de décorations ne s'exprimait-elle qu'au travers de ma carte bleue ? « Parce que, si tu avais acheté tout ça avant, je n'aurais pas besoin de le faire maintenant », ronchonnait-elle devant « mon évidente mesquinerie ». J'oublie toujours que c'était ma faute, et qu'elle faisait de son mieux pour me pardonner.

*

*   *

J'ai envie d'un bon petit déjeuner et d'une douche. Mais d'abord, j'ai besoin de mon pendule.

C'est pour Raymond. Je n'arrive pas à me décider. Je le tue ou non ? Si je le zigouille, j'en fais quoi ? J'achète un autre congélateur ? Si je lui dis que je n'ai pas envie qu'il découpe Sylvie, il risque de m'en vouloir. De me dénoncer ? Non, j'en sais trop sur lui. De me tuer ? Je serai sur mes gardes, le couteau dans la poche.

Où est-il, ce pendule ? Certainement dans le bazar de mon bureau, ou dans le tiroir de ma table de nuit. En temps normal, je poserais la question à Sylvie. Elle rangeait tout, même mes affaires, et se plaignait sans cesse de « vivre dans mon foutoir ». Il faudra que je sois plus ordonné dorénavant.

*

*   *

Dois-je tuer Raymond ? Tu vas bouger, saleté de pendule ! Tu n'as pas hésité à me dire d'en finir avec Sylvie. Tu m'as conseillé de vendre ma voiture, de ne plus consommer de viande rouge, tu ne vas pas faire ton bégueule pour un Raymond !

Alors, tu tournes, oui ?

Je reformule ma question : Raymond en sait-il trop sur moi ?

Oui !

Voilà qui est mieux.

Est-il dangereux pour moi ?

Oui !

J'aime ces réponses claires et nettes, avec de grandes oscillations.

Dois-je en terminer avec lui ?

Mais tourne, bon sang !

Rien ! *Nada* !

Bidule de malheur ! À quoi tu sers ? On dirait un enfant qui boude : « Cause toujours, je te dirai rien ! » Au moins, le gamin, on peut le punir.

*

*   *

Ça ira mieux avec un bol de céréales.

Évidemment, je n'ai plus de lait. J'ai quoi dans les placards ? Trois pains aux raisins... périmés ; un quart de baguette rassis ; et des petits-beurre mous. Dire que j'ai fait les courses hier ! Je prends conscience de la nécessité d'une femme à la maison. Mais j'ai des galettes bretonnes ! Youpi ! Vive la Bretagne ! Il en reste cinq ; je ne vais pas aller loin avec ça.

Puisque le pendule ne veut pas m'aider, je

tire au sort : pile, je tue Raymond ; face, c'est son jour de chance. Si je trouve une pièce... C'est parti. Sous le meuble ! C'est pas possible ! Si c'est comme ça toute la journée, je retourne au lit et j'y reste.

Je vais me doucher. Je réglerai le problème Raymond avec lui, c'est plus simple.

*

* *

Je suis propre. Ça me donne la fausse impression d'avoir les idées en place. Je ne suis pas dupe. J'avais pris une douche le jour où je me suis marié. Je fais systématiquement une ou deux grosses bêtises par an. Le plus difficile, c'est de n'en concevoir ni remords ni regrets. Ce sont eux qui vous bouffent la vie. Un regret pris à temps, c'est éphémère, inoffensif. S'il s'installe, en revanche, l'enfer est proche. C'est d'abord une pensée négative, puis deux, puis une remise en cause de soi-même. Le doute s'installe. Il effrite un présent fragile, assis sur un passé mal digéré, et l'on se retrouve sans futur, avec pour bagage un passé qu'on ne veut plus. Tout ça parce qu'on se dit « qu'on n'aurait pas dû », que, « si on avait su, on aurait agi autrement », et on ressasse, et on ressasse, jusqu'à ce qu'on déprime pour de bon, et, là, on se dit « qu'on n'aurait vraiment pas dû ».

Un jour, Laurent m'a dit : « Pendant que tu veux être, tu n'es pas. » Depuis, j'accepte tout ce que je suis. J'évite surtout d'essayer d'être autrement. Je risquerais de passer à côté de ma vie. Je ne parviens pas encore à ignorer mes idées positives. J'aurais même tendance à les laisser tourner en boucle. C'est si bon.

*

* *

J'entends la camionnette de Raymond dans le jardin. Je ne sais pas quoi faire. Je me dirige vers lui. Je marche lentement. Mon cœur accélère. Je me sens subitement mal en le saluant. Je l'aide péniblement à porter son matériel à l'intérieur. Je cache mon désarroi dans l'effort. Il me demande comment je vais. Je lui donne du « Et toi ? » en réponse. Il enchaîne : « Comme un adolescent qui sort en cachette. » Je le questionne sur ses parents pour retarder le « moment ». Il m'explique qu'ils sont morts de mort naturelle parce que son père n'avait pas eu le temps de tuer sa mère qui était partie d'un sale cancer en le laissant seul pour nourrir la famille et que la famille l'avait fait mourir d'ennui. Je réponds que Sylvie a eu plus de chance, sans me rendre compte que je lui offre la transition parfaite.

« Alors, où est-elle, cette Sylvie ? tonne-t-il hardiment.

– À la cave. Dans le congélateur. »

Je ne veux pas.

Je ne veux pas.

Il n'est pas question qu'il la touche. Il est déjà dans l'escalier.

Je ne veux pas, bordel ! Je ne veux pas !

Il est tombé sans bruit. Même pas un râle. J'ai planté mon couteau dans son dos. C'était la seule chose à faire. Plusieurs fois, parce que le gaillard était costaud. Je savais que ça ne servait à rien d'y réfléchir avant. C'est instinctif, ça. J'ai eu raison de ne pas attendre. J'aurais commencé à me poser des questions, à avoir peur. Ça m'aurait bloqué. Il aurait senti quelque chose. Là, c'est réglé.

Sylvie va être fière de moi. Je lui ai tout de même évité le pire !

*

*   *

Tu ne te rends pas compte de ce que je viens de faire pour toi, mon amour. J'ai tué pour toi. Combien de femmes peuvent dire ça de leur mari ?

Ça n'a pas l'air de t'émouvoir. Ça te laisse de glace. Hé, hé ! Excuse-moi, c'était facile. Tu te demandes ce que je vais faire de Raymond ? Je ne pense pas que tu aies envie de partager ta couche avec lui. Tu ne le trouvais déjà pas beau à l'époque, alors avec le sang qui tacherait tes murs blancs et ton tapis, ça ne doit pas te tenter. Rassure-toi, il n'entre pas, le monsieur, tu prends toute la place. Je le ramène chez lui ce soir. J'aviserai là-bas.

À moins que... Tu sais quoi, mon bébé ? On va lui faire ce qu'il a voulu te faire. Parfaitement ! On va le découper. Il est venu avec le gros matériel, j'ai le petit équipement. Ça devrait être simple. Je nous mets de la musique dans le salon, bien fort, pour qu'on l'entende d'ici, ça donne de l'ardeur. J'en aurai besoin. Je te propose Françoise Hardy, on l'aime tous les deux.

J'écoute de la musique saoule,
À tomber par terre...

La forme revient. Je sens ça.

Toute seule, la-la-li-la-li-la-la,
Toute seule, la-la-li-la-li-la-la,
Toute seule,
Tu vas te les geler toute seule...

Hé ! hé ! J'adore récrire les textes pour toi. Ça m'impressionne, ma capacité à rester créatif quelles que soient les circonstances. Il y a du talent qui coule en moi. Pas un talent défini, pas un don vulgairement sectorisé : *du* talent. Parfois, ça déborde, et tu en profites.

Et toi, Raymond, qu'est-ce que tu en dis ? Rends-moi mon couteau, d'abord. Beurk ! Il est tout sali ! Comment je t'installe ? Procédons par ordre.

Un : enlever les taches de sang dans l'escalier avant que ça ne soit trop sec. Ça part tout seul avec une éponge humide, d'où l'intérêt d'avoir des marches vernies. Tu ne voulais pas que je vernisse le bois, Sylvie, heureusement que je ne t'ai pas écoutée.

Deux : étendre la bâche par terre.

Trois : mettre cette table basse sur la bâche.

Voilà.

Quatre : me changer.

C'est folklo, ici, tu ne trouves pas, mon ange ? Je vais jouer *Le Boucher de Séville.* Tu seras bon public, j'espère ? Je ne suis qu'un modeste amateur, certainement plein d'avenir mais, néanmoins, débutant. Les bottes, les gants, le tablier. *A priori*, j'ai tout.

Attention Mesdames et Messieurs,
Dans un instant, ça va commencer,
Lala-lalalalala-lalalalala

J'ai oublié la suite. Faut dire que chanter Fugain sur Hardy, c'est pas évident.

Comment ça marche, cette scie ? Ça me revient. Ça, c'est la sécurité, je l'enlève, j'appuie là, et... quel boucan !

Je commence par quoi ?

Les jambes, au-dessus du genou. Go !

C'est génial, ça rentre comme dans du beurre.

Mais alors, ça en fout partout. C'est pire qu'un film d'horreur, parce qu'il y a l'odeur, et je te jure que ton nez délicat n'apprécierait pas.

Et d'une ! Ça va plus vite que je ne pensais. En revanche, je n'y trouve pas le plaisir que Raymond m'avait promis. L'idée de faire la seconde jambe m'ennuie déjà. Tu ne m'aiderais pas, fainéante ! Attends, j'ouvre ta porte trente secondes pour que tu voies le chantier. Pas plus longtemps, sinon, tu vas te réchauffer.

Tu imagines que, sans moi, tu serais un tas de Sylvie. Parce qu'il aurait fait durer le plaisir, le sagouin. Vingt bouts minimum, il avait dit. Moi, je vais me borner à... les jambes en deux, ça fait quatre, les bras, six, le tronc et la tête, ça fait huit. Huit parties, c'est amplement suffisant pour le transport en sacs poubelle. Allez, je ferme ! Tu en as assez vu. Je n'ai pas envie que tu fasses des cauchemars. Tu ne pourrais même pas te réveiller pour en sortir.

*

* *

Françoise Hardy et la scie circulaire, ça se marie mal. Je mets un bon vieux vinyle qui va me donner la pêche. Faut du rock ! Un batteur qui cogne, une basse qui déchire... ACDC, *Back in Black*. Voilà ! Et dire que je ne pouvais jamais l'écouter avec toi : « C'est pas de la musique, c'est du bruit ! » Combien de fois tu m'as répété ça ! Là, tu as une bonne isolation. Tu es à l'abri des sons, de la poussière, des vagues de chaleur... Tu l'aimes ton Bosch, hein ?

Ça me rappelle *Hibernatus*. À la fin du film, on retrouve Louis de Funès en hibernation volontaire dans un immense congélateur. Je t'imagine, dans cent ans, ressuscitée grâce aux progrès de la médecine. Tu commencerais par insulter tes sauveteurs : « Bande d'incapables ! Il vous a fallu un siècle pour me réveiller ! » Et puis tu irais à la mairie pour savoir où je suis enterré ; ensuite tu filerais au cimetière et tu profanerais ma tombe. Rancunière, va !

Écoute cette intro ; c'est magique : *toum-toutoutoum-toutoutoum*, j'adore !

Allez, je retourne bosser. Il ne va pas se couper tout seul, le monsieur.

*

* *

J'ai l'impression de trancher du thon ; surtout en haut des cuisses, sous la hanche.

C'est la guerre, je suis chirurgien. Je coupe à tout va pour éviter la gangrène. Chaque minute compte. Des éclats d'obus ont sectionné l'artère. Ce n'est pas beau à voir.

Un coup pour la tête et c'est fini. Heureusement, c'était mon dernier sac poubelle. Encore trois centimètres, les dernières veines... Ça y est !

Ça semble facile, mais il faut rester bien concentré, parce que la lame ripe sur les os, et on a vite fait de se couper un doigt. Prudence et vigilance quand on bricole, sinon, c'est le drame.

C'est bien joli les sacs poubelle, mais j'en fais quoi ? Je les enterre ? Ce n'était pas la peine de découper le Raymond pour l'enterrer. Si ; ça va m'éviter de creuser un gros trou visible dans son jardin. J'éparpillerai, ce soir, les morceaux dans ses massifs fleuris.

J'ai le temps de prendre une douche et de manger un steack. Je suis affamé. C'est épuisant de scier quelqu'un. Dommage que tu ne puisses pas me préparer un bon plat, Sylvie, j'ai une flemme énorme !

*

* *

Je sens pour la première fois une vraie

complicité entre Sylvie et moi. Je me suis confié à elle toute la journée. Elle m'a écouté sagement, en m'épargnant son « point de vue personnel ». Elle ne m'a pas jugé. J'étais détendu. Ça ne m'arrivait jamais « avant ».

C'est peut-être idiot de se séparer quand la vie nous rapproche. On pourrait partir sur de nouvelles bases. Je m'occuperais d'elle, elle se laisserait faire. On ne se chamaillerait plus. Je ferais des efforts pour ranger la maison, la tenir propre. Ça demanderait une organisation rigoureuse, comme si je devais cacher ma maîtresse à tout le monde. Je savourerais l'interdit au quotidien, le frisson en permanence. Je serais libre et jamais seul. Ça me tente...

*

* *

Il pesait bien soixante-quinze kilos, le bougre. J'ai rempli cinq sacs. Il est minuit, Oherville dort, je les mets dans sa camionnette, je vais chez lui et je les enterre dans son jardin. C'est sa femme qui va être contente de le retrouver. Elle doit avoir deux mots à lui dire. Je n'aimerais pas être sous terre avec eux, tout à l'heure, ça risque de chauffer.

Je dis bonne nuit à Sylvie, et je raccompagne Raymond.

*

* *

J'ai peur.

Je sais que c'est bête, je n'ai que quelques centaines de mètres à parcourir, mais si j'ai un accident, c'en est fini de ma nouvelle vie !

Je pense négativement. Il n'y a rien de tel pour s'attirer la poisse. Laurent m'a mis en garde contre les idées noires : « L'esprit est tout ; ce que tu penses, tu le deviens. » Il a ajouté que ma vie n'était que le fruit de ma pensée.

Il faut que je le revoie, et qu'il me parle clairement cette fois. S'il a un moment de libre, demain, je passerai le voir.

Je m'arrête ici. Inutile d'aller chez lui. Je devrai allumer, les voisins pourraient me voir. Quoique... Il est tard. Non, c'est parfait ici. Au pied des arbres.

Un chêne, un membre.

J'enlève les sacs pour que ça se décompose plus vite. C'est parti, je ne vais pas y passer la nuit. J'ai dit à Sylvie que ce serait rapide. Deux solutions : soit je creuse les trous d'abord, soit je procède trou par trou. Je me pose cette question depuis mes premières lignes d'écriture au CP. Vaut-il mieux agir mécaniquement, à la chaîne, et gagner du temps en s'ennuyant, ou s'acquitter de la tâche sans la morceler, mais la répéter ? J'aurai l'impression d'avancer plus vite si je creuse le trou, que je le remplis et que je le rebouche. Je compterai : « Plus que sept, plus que six... »

Tant pis pour sa femme. Elle l'attendait sans doute de pied ferme. Bien que rien ne prouve qu'elle m'ait entendu. Et si elle était au courant par je ne sais quel miracle toujours possible, rien ne dit qu'elle m'ait cru.

Pourquoi les morts feraient-ils confiance aux vivants ? Ils s'entendent promettre tellement de choses sur leur lit comme : « J'irai toujours te voir au cimetière », ou bien : « Je ne pourrai jamais vivre sans toi. » Amoncellement de « toujours » et de « jamais » qui ne trouvent leur sens que si on les intervertit.

Désolée, ma vieille, tu te vengeras là-haut.

Quelle profondeur, mes trous ? Avec les pluies ravinantes, les renards et les sangliers, les promeneurs qui enterrent leurs papiers gras ou leur belle-mère, mieux vaut être prudent. En comptant cinquante centimètres de terre au-dessus de chaque sac, ça fait creuser des trous de soixante à quatre-vingts centimètres de profondeur. Pas trop près de l'arbre au cas où il serait déraciné.

La terre est meuble, c'est moins dur que je ne craignais. Ce trou, c'est pour la tête. Heureusement que les phares de la voiture éclairent bien, parce que ce n'est pas évident la nuit. J'ai peur en forêt depuis tout petit, alors en plus, dans le noir !

Il y a un caillou là ! Évidemment, j'ai oublié les gants en plastique. Je déteste mettre les doigts dans la terre. On ne sait pas sur quoi on peut tomber. Et puis ça se colle sous les ongles. Beurk ! C'est plein de vers ! Si je dois enlever des pierres à chaque pelletée, je suis encore là demain ! Celle-là était énorme mais pas trop dure à retirer. Ça doit bien faire quatre-vingts centimètres ? Allez, c'est bon.

Où est la tête ? Dans ce sac ? C'est ça. Salut Raymond ! On aurait pu s'amuser, mais fallait pas toucher ma femme.

Et je recouvre. Quelques feuilles, deux, trois branches. Voilà.

Ci-gît le morceau pensant de Raymond.

Et d'un !

*

* *

J'ai dessiné un « espace Raymond » d'environ cent mètres carrés avec ses morceaux. Il accueillera les familles en halte sandwiches.

Je me suis fait un monde de cette virée nocturne pour rien. Pas même un bruit de moteur sur la départementale pour troubler l'enterrement du bonhomme. Comme ils sont tous catholiques, dans le coin, j'ai dit une petite prière pour lui : un *Notre Père*, je ne connais que celle-là. Je lui ai même fait une bénédiction. Il a tout pour réussir là-haut.

Je laisse sa camionnette devant chez lui, avec les clés dessus. C'est éteint chez les voisins. Tout va bien.

Je rentre à pied.

*

* *

Une douche et au lit. Ça m'a tué de creuser. Je raconterai tout ça à Sylvie demain, avant d'aller chez Laurent. C'était quand même une dure journée. Ça m'épate de voir la résistance que j'affiche à trente-huit ans.

Vélo d'appartement, rameur, musculation, on faisait ça ensemble tous les soirs, Sylvie et moi. Elle était belle, elle aussi. Elle avait insisté pour qu'on installe une « aire de *fitness* » dans la chambre. Comme elle avait également voulu un grand dressing près du lit, nous dormions entre la salle de sport et le vestiaire.

Elle soignait sa ligne scientifiquement. « C'est après trente minutes d'effort qu'on commence à brûler ses graisses ; à condition de travailler dans une zone cardiaque ciblée, pour moi, entre cent quinze et cent quarante-cinq pulsations-minute », m'avait-elle expliqué un jour où j'avais l'impression qu'elle ne me laisserait jamais le vélo. Je lui avais rétorqué que prendre son pouls en pédalant n'était guère fiable. Elle avait alors levé son tee-shirt, exhibant fièrement le cardio-fréquence-mètre qui enserrait sa poitrine et transmettait ses données à une sorte de montre en plastique noir, affichant ses battements de cœur et le temps depuis lequel ce dernier souffrait. Face à un tel professionnalisme, j'allais dorénavant me contenter du rameur, ou attendre le vélo une heure. Mon coucher étant *de facto* différé jusqu'au brûlage de la dernière graisse de Madame. C'est drôle de se dire qu'elle faisait ça « pour être encore belle à cinquante ans ».

Elle vient d'économiser quinze ans de sueur.

*

* *

J'ai encore du mal à trouver le sommeil. Je pense à des choses idiotes ; pendant ce temps, mon train passe. Normalement, je m'endors en deux minutes. Si ça continue, il faudra que je consulte.

Cette fois, ce sont les parents de Raymond qui viennent pourrir ma nuit. Je ne les ai jamais rencontrés – ils sont morts – et pourtant ils insistent pour que je vienne au parloir. Je suis à la prison de Rouen.

Je visualise le pire, et j'éprouve un mal-être dont je me délecte. Je dis « je », mais ce n'est pas moi. J'ai l'impression qu'on projette un film dans ma tête, et qu'on m'impose la séance !

Les parents de Raymond me demandent ainsi pour combien d'euros j'ai tué l'aîné de leurs douze enfants. Comme je ne sais pas quoi répondre, ils enchaînent en me proposant le double pour occire le cadet. J'ai beau leur expliquer que je ne suis pas professionnel, ils insistent en me garantissant une rente mensuelle de trois mille euros jusqu'à ma mort. Je note leur manque de logique à vouloir s'attacher les services d'un prisonnier. Ils lisent dans mes pensées et me répondent que le cadet est le garçon qui partage ma cellule. Je m'incline en reconnaissant la perfection de ce monde. Le gardien me susurre à l'oreille de ne pas m'inquiéter car le pénitencier me fournira l'arme, fera disparaître le corps et me lavera de tout éventuel soupçon. Dans ces conditions, auxquelles s'ajoute la libération anticipée, j'accepte.

Et maintenant, qu'a prévu le projectionniste ? Je m'attends à tout.

Sylvie à la plage. Pourquoi pas ? Ce sont nos premières vacances au soleil. Elle marche le long de l'eau en mono-kini. Tous les gars de la plage fixent sa poitrine qui balance au rythme de ses pas. J'adore ! Elle les ignore et trémousse son petit cul de plus belle. Mouaip, mouaip...

Dans la réalité, c'était une sale semaine en Tunisie. La pluie avait chassé le soleil et déprimé ma douce qui vivait dans la peur que je la trompe. Elle craignait que je la quitte et me surveillait en permanence. Je lui répétais qu'elle était la plus belle de la plage, ce qui me valait de fougueux baisers, mais ne l'incitait pas à relâcher sa surveillance.

J'étais pourtant fou d'elle cette année-là. Je le lui criais sans cesse, mais ça ne suffisait pas à la rassurer. Elle me rétorquait que « ce qui n'est pas raisonné succombe à la déraison ».

Elle me montrait les filles qu'elle trouvait belles et me demandait mon avis. Prémices de tortures conjugales qui auraient dû me mettre la puce à l'oreille... Nous nous disputions bien évidemment quelle que fût ma réponse. Comment osais-je qualifier même simplement de mignonne une rivale potentielle ? Ou mentir devant l'évidence de la beauté, si ce n'était pour dissimuler ma secrète attirance ?

Nous restions donc à faire l'amour au bungalow, sûrs de protéger notre couple. Le bruit des vagues suffisait à nous rappeler que nous étions en vacances.

Sylvie au cinéma. Je ne comprends pas pourquoi mon esprit saute de la Méditerranée au dernier rang d'une salle obscure, où je batifole à tâtons sous le chemisier de Sylvie.

Elle adorait Mel Gibson – qu'elle se défendait d'aimer pour son physique – et avait tenu à voir *Brave Heart*, malgré la présence de Sophie Marceau dans un « film de ce niveau ». Elle ne comprenait vraiment pas ce qu'on lui trouvait. J'avais pris soin de lui donner raison afin de pas transformer la salle en second champ de bataille, tout en regrettant de n'être pas Édouard Le Sec pour exiger sa reddition.

Nous avions passé les bandes-annonces à nous caresser, le film à nous embrasser, et le générique à chercher les toilettes du cinéma... L'espace y était compté, certes, mais nous étions jeunes.

Nous avions retrouvé nos places pour une deuxième projection (douce époque des séances permanentes), et les avions savourées pendant la troisième, ô combien nécessaire à la compréhension de ce monument du septième art (que nous avions gaiement haché).

Sylvie fait les courses. Vive Monoprix, puisque m'y voici ! Les premières années de notre relation, le samedi matin était prétexte aux exhibitions des formes de ma belle au rayon alimentation de notre city-marché. Je me revois troussant sa mini-jupe sur ses fesses nues, tandis qu'elle comparait les dates de péremption des yaourts. Aucun endroit n'excitait plus ma libido que notre Monoprix, et ses caméras de surveillance. Les cuisses découvertes de Sylvie m'y excitaient comme jamais, et malaxer ses seins sous son chemisier m'y procurait un plaisir que je n'aurais pu prendre dans aucun lit. Nous l'appelions « l'effet Monoprix ». Aussi nous lancions-nous, d'un ton las, ces dernières années : « Et si on se faisait un Monop' ? » ; ultime tentative de résurrection d'une libido tombée au champ du quotidien.

Sylvie ceci, Sylvie cela. Si c'était pour y penser tout le temps et en perdre le sommeil, ce n'était pas la peine que je la tue. Je commence d'ailleurs à me poser la question. J'aimerais lui en parler. Nous n'avons presque pas discuté ces derniers mois. Nous avons rivalisé d'affirmations sentencieuses et de menaces enfantines. Quand je pense à nos premières confidences, qui duraient des heures, j'ai du mal à comprendre l'absence totale de communication à laquelle nous étions parvenus.

On a commencé notre relation rouges d'émotion, nous l'avons prolongée rouges de désir, nous l'avons terminée rouges de colère.

Il faudrait se séparer quand tout va bien, pour ne conserver que de beaux souvenirs. « Je t'aime, je m'en vais. – Moi aussi, je t'aime ; adieu ! » Le mariage serait « pour le meilleur, jusqu'à ce que l'amour nous sépare », valable un mois et tacitement reconduit. Il n'y aurait plus de divorce. On compterait ses mois de mariages à la fin d'une vie, et non ses partenaires, comme on compte ses années de travail en vue des points retraite, et non les entreprises dans lesquelles on les a acquis. « J'ai été marié trente-neuf mois. – Moi quarante-neuf ! »

Les enfants seraient séparés de leur mère à la naissance et élevés par des nounous professionnelles, regroupées en centres. Ce serait pratique : on irait chercher un môme dans ces centres avec le justificatif de mariage. L'âge de l'enfant fourni serait fonction de celui des mariés. On le rendrait lors de la séparation. C'en serait fini de cet insupportable sentiment de propriété qu'ont les parents sur leur progéniture. « C'est mon fils qui..., c'est ma fille que... » Mais je m'en fous, moi, que ce soit le tien ! C'est lui, c'est elle. Point.

Maintenant, je dois dormir, sinon, demain, je vais être agressif et désagréable. Je me souhaite bonne nuit.

Rien à faire.

Un Monop', deux Monop', trois Monop', quatre Monop', cinq Monop', six Monop', sept Monop', huit Monop', neuf Monop', dix Monop', onze Monop', douze Monop', treize Monop', quatorze Monop', quinze Monop', seize Monop', dix-sept Monop', dix-huit Monop', dix-neuf Monop', vingt Monop', vingt et un Monop', vingt-deux...

CINQUIÈME JOUR

Il y a un randonneur dans la forêt. Il s'arrête pour la nuit, déplie sa tente. C'est un inquiet ; il craint qu'elle ne résiste pas au vent, alors il a prévu une masse dans son sac pour enfoncer les piquets. Il plante le premier. Il entend hurler. Il est pris de panique. Il fait le tour de l'arbre trois fois. Rien. Pour se rassurer, il tape de plus belle sur son piquet. Un nouveau cri le tétanise. « T'as fini, connard ? Sors-moi de là ! », entend-il. De sa poche, il sort une pelle. Il creuse. Il découvre la tête de Raymond. Il s'évanouit. Par petits bonds, la tête s'extrait de son trou. Elle va titiller le randonneur. Il revient à lui, voit la tête et sort un jeu de cartes. Il lui propose un poker. Raymond lui dit qu'il jouera quand il aura récupéré ses morceaux. Ensemble, ils déterrent les bouts qui s'assemblent automatiquement en suivant les pointillés pour reconstituer Raymond. Le randonneur sort de son sac une moto-cross et raccompagne Raymond jusque chez moi. Je l'entends derrière la porte. Il ne tente pas de l'ouvrir, il la défonce, se dirige vers la cave, ouvre le congélateur. Avec la masse du randonneur, il fracasse Sylvie. Les morceaux de glace fondent très vite et inondent la cave. Raymond monte vers ma chambre. Il explose ma porte, me fait face, brandit sa masse et me...

Ah, le cauchemar ! Le cauchemar ! Quelle heure est-il ? Six heures et demie. J'ai dormi trois heures. Ce n'est pas la peine que j'essaie de me rendormir, je n'y arrive jamais. Je vais prendre un bol de céréales devant un DVD. Non, je préfère le prendre avec Sylvie et lui raconter mon escapade en forêt.

*

* *

Tu sais, Sylvie, ce n'est pas pour me vanter, mais j'ai été courageux hier. J'en connais peu qui auraient eu le cran de poignarder un homme, de le découper et d'aller l'enterrer. Je n'attends pas de félicitations, mais que tu apprécies mon geste à sa juste valeur me toucherait. J'accepte ton silence en gage du respect et de la compréhension que tu as pour mon acte. Sache que, malgré ton état, je te défendrai contre quiconque t'approchera. Raymond venait justement te fracasser avec une masse dans mon cauchemar. Je me suis réveillé à temps pour l'en empêcher. Presque à temps...

Tandis que, toi, tu n'avais qu'une toute petite chose à faire pour moi la semaine dernière : acheter mes céréales. Et, bien sûr, tu as oublié. Alors je t'ai piqué tes « Spécial minceur ». Je vais les manger devant toi, ça va te donner envie.

J'ai prévu d'aller chez Laurent aujourd'hui.

Pourquoi ? Tu en poses des questions ! Parce que j'ai envie de le voir, voilà. J'ai surtout besoin de lui expliquer clairement ce qu'il n'a pas compris la dernière fois.

Tu n'as jamais aimé Laurent, n'est-ce pas ? Tu as toujours été gênée par sa personnalité spéciale.

Comment ça « pas du tout » ? Il te mettait mal à l'aise, ça se voyait, mon ange. Non, il n'a jamais eu d'attitude équivoque à ton égard. Il ne t'a jamais draguée non plus ; pas en ma présence en tout cas. Tu veux que je lui demande ?! Quoi exactement ? Si tu lui plaisais ? Mais tu plaisais à tous les hommes, Sylvie ! Il te l'aurait dit ? Je ne te crois pas.

Je n'aime pas imaginer ça. Pas du tout, même.

*

* *

Il est dix heures, j'appelle Laurent pour savoir si je peux passer. Ça me travaille, cette histoire. Parce que si Laurent, qui ne m'a jamais semblé s'intéresser à une autre femme que la sienne, a dit des « gentillesses très gentilles » à Sylvie, qu'ont fait les dragueurs d'Oherville et les célibataires d'Yvetot ? *A priori*, pas grand-chose. Sylvie travaillait à la maison et sortait peu. Les courses, le coiffeur... Quoique... Je me souviens qu'elle allait souvent chercher le litre de lait ou d'eau qui lui manquait. Et toutes les fois qu'elle revenait sans le pain à l'heure du déjeuner ! C'était sa spécialité. La boulangerie d'Héricourt était bien sûr fermée à treize heures. Elle retournait donc à Yvetot pour une baguette molle. Mais peut-être était-elle molle d'être restée longtemps dans le coffre de sa voiture ? Ça lui prenait trois quarts d'heure. J'enrageais de faim. Mon hypoglycémie faisait obstacle à ma lucidité. Nous mangions vers deux heures et demie et retournions travailler.

Je ne me posais pas de questions. J'aurais pu : elle partait souvent pour deux jours à Paris pour rencontrer les commanditaires de ses articles ou interviewer des témoins. Elle dormait chez une amie ; ce que je ne pouvais pas vérifier puisqu'elle m'appelait de son portable. J'aurais pu lui demander de me passer son amie, mais cette idée mesquine ne m'a jamais traversé l'esprit. Pourquoi maintenant ? C'est ridicule. Elle était trop amoureuse pour me tromper.

Pourtant, je ne jurerais de rien. La salope ! Elle a de la chance de ne pas pouvoir répondre.

Si j'apprends que... Je la découpe, nom de Dieu, je la découpe !

*

* *

Tu crois que je ne lis pas dans ton jeu ? Tu veux m'énerver, mais je ne perdrai pas pied.

Je te laisse. Je vais peindre. N'importe quoi, histoire de me détendre avant d'aller chez Laurent. Un carré blanc sur fond blanc, à la Malevitch, juste pour étaler de la matière.

J'ai bien une envie, mais tu ne vas pas aimer : je voudrais t'enduire de peinture et faire des anthropométries. Je te poserais sur la toile et on lirait ta trace. Je sais, Klein l'a fait. Et alors ? Tout a déjà été fait. Sauf que Klein n'a pas peint avec une morte. Tu vois, j'apporte une touche d'originalité au concept. Et puis ce n'est pas le moment de me gonfler avec ton « authenticité ». Tu qualifiais mes œuvres de « commerciales » parce qu'elles se vendaient bien. Mais comment aurions-nous vécu si elles ne s'étaient pas vendues ? Tu n'as jamais tenu un pinceau de ta vie et tu te posais en juge parce que tu avais un deug d'histoire de l'art.

L'art, c'est d'abord une nécessité intérieure, et, à ce titre, ta mort est ma plus belle œuvre.

La preuve ? C'est la seule que tu n'aies pas critiquée.

*

* *

« Salut Laurent ! Merci de me recevoir un dimanche. »

Laurent sourit. « C'est normal, entre voisins. Tu vas bien ? » Je lui fais croire que oui. J'ai noté qu'il a dit « voisins » et non « amis ». Je suis tendu. Je parle dans les aigus. Je n'aime pas ma voix quand je ne la contrôle pas. Il me demande si je veux boire quelque chose. « Je veux bien un Coca si tu as. » Il m'invite à m'asseoir. Il sent que je suis stressé et ça me tend encore plus. J'évite de m'avachir sur son canapé, il verrait que je cherche à cacher ma raideur. Je suis froid. J'essaie d'avoir l'air chaleureux. Je souris, mais pas trop. Il attend le motif de ma venue. Je commence par quoi ? C'est qu'elle m'a foutu le doute, l'autre conne !

Je voulais juste lui parler de mes pensées négatives, de la mort de Sylvie, et je suis là, comme un mari jaloux, silencieux et anxieux. Il m'énerve à ne rien dire. Il est calme. Il me regarde, ou il me toise, peut-être. Je la trouve dérangeante, presque arrogante, sa sérénité.

J'y vais ! Je respire, je pose ma voix.

« C'est à propos de l'autre jour, quand je t'ai

dit que j'avais tué Sylvie... » Il hoche la tête. Je suppose que cela veut dire « oui, je me souviens ».

Je respire, je reprends :

« Je crois que tu ne m'as pas compris. » Il glisse un « Ah ? » Je poursuis : « Je l'ai vraiment tuée. Je veux dire... physiquement, pas dans ma tête. » Il me répond que « c'est pareil » et me demande si je re-veux du Coca.

Il est évident que ce gars n'a jamais eu de sentiment pour Sylvie.

J'ai dû hausser les sourcils suffisamment haut car il daigne continuer : « Elle fait toujours *un* avec nous tous. Sa conscience reste dans le flux de la Conscience divine. »

Je ne comprends rien à son charabia. Il ajoute que je l'ai délivrée de son ego. C'est étonnant ce besoin que je ressens de voir ce type, et cette envie de le fuir quand je le vois.

Il me dit que « l'important, maintenant, c'est moi », et veut savoir si je vais mieux. Je lui demande s'il veut dire « sans elle ». Il acquiesce : « C'était le but, non ? » Je bredouille un oui honteux. « Alors profites-en ! » Je lui dis que j'en profite mais que je n'ai plus les pensées aussi positives qu'auparavant. « Défaite et victoire dépendent de ta manière de penser, Emmanuel. Ta santé aussi. Ne laisse pas les pensées négatives s'ancrer dans ton esprit. »

Je le remercie ironiquement.

« Je suis là pour que tu m'expliques comment les vaincre, Laurent. »

Il dit : « Comprends que tu les fabriques de toutes pièces et que tu les confonds avec la réalité. »

Je lui réponds que je vais y réfléchir, mais qu'il me semble que les pensées positives ne procèdent pas d'une construction différente. Il en convient, et me conseille de ne plus penser, ou de n'attacher aucun crédit à mes réflexions. Il conclut en m'expliquant que sa femme l'attend pour déjeuner, qu'elle n'aime pas manger froid, et que je dois me tenir loin de moi et de mes pensées.

Je me rends compte que je m'étais promis de lui demander d'être clair et que j'ai oublié. Tant pis pour moi.

*

* *

J'aurais dû m'inviter chez eux.

L'idée de faire la cuisine me coupe l'appétit. Je conçois mal de mettre une heure à concocter un plat et son accompagnement pour dix minutes de dégustation.

Une simple salade composée et un morceau de lapin à la moutarde exigent que j'épluche les haricots, coupe les tomates, fasse cuire les œufs, lave la laitue, hache les oignons, mélange tout ça, le parsème d'ail et l'agrémente d'une petite sauce salée, poivrée, persillée, que j'aurai pris soin de préparer à l'huile d'olive et au vinaigre balsamique. Mais auparavant il m'aura fallu découper mon lapin, l'enduire de moutarde, le mettre à cuire, l'abreuver de vin blanc, le laisser mijoter pendant que je compose la salade.

La table devra être au niveau de la qualité du déjeuner, pour accueillir ces mets élaborés avec patience, et le téléphone sonnera bien sûr au moment où je planterai ma fourchette, avide de goûter mon gibier mérité. Je serai naturellement désagréable avec mon interlocuteur, que je prierai vertement de rappeler plus tard, et voilà comment la cuisine aura contribué à ternir ma réputation d'homme affable, et à ruiner ma fin de matinée. Je dis non à cet esclavagisme !

J'ai du jambon sous vide « fumé au bois de hêtre », des haricots en boîte « fraîchement cueillis », des biscottes au son « pour une meilleure digestion », et du beurre « au sel de Guérande ». C'est parfait. Je mange sainement, pour un coût raisonnable, et je profite de la vie.

Le lapin que faisait Sylvie pendant mon tour de vélo, et la salade qu'elle terminait pendant ma douche avaient le goût du « merci » qu'elle attendait. Je devais le formuler à la fin de la première bouchée, soigneusement suivi d'un

« c'est délicieux », dont le ton conditionnait l'atmosphère du repas, voire de l'après-midi.

Lorsque Sylvie jugeait son plat réussi, je la complimentais jusqu'au dessert, la félicitais une dernière fois en milieu d'après-midi, et elle partait motivée pour le repas du soir. Mais quand ma belle considérait son plat raté, il convenait de distinguer s'il l'était objectivement (une viande bouillie, par exemple), ou s'il n'était qu'en deçà de ses attentes. Je ne devais ainsi jamais lui donner raison, sans pour autant lui donner tort. Dans le cas de la viande bouillie, appuyer là où ça fait mal m'aurait amené à la faire moi-même la prochaine fois, mais lui mentir m'aurait exposé à perdre ma crédibilité. Elle aurait alors douté de tous les compliments que je lui avais faits pendant les onze dernières années. Dans le cas de l'attente déçue, je devais subtilement exprimer mon désaccord, la rassurer sur ses talents de cuisinière, passer en revue ses autres dons, lui démontrer qu'ils étaient précieux, et lui expliquer combien elle était exigeante envers elle-même.

Voilà pourquoi je passais à table avec l'angoisse qui précède l'oral du bac. Et je me rappelais chaque fois ces paroles de mon professeur principal de terminale : « Laissez parler l'examinateur et dites comme lui. » Je laissais donc Sylvie donner son avis, la bouche encore pleine, jusqu'à ce qu'elle lâche en déglutissant : « Et toi, tu en penses quoi ? », variante angoissée de sa formule positive « Et toi, tu aimes ? »

Rien ne vaut, décidément, le jambon sous vide (fumé au bois de hêtre).

*

* *

Je déjeunerais bien avec toi, Sylvie, en ce jour du Seigneur, mais je trouve dommage de manger dans la cave par un pareil beau temps. Et si je te sors, tu vas goutter partout.

Dilemme.

Allez, c'est bien parce que je suis un bon mari : je renonce au soleil pour que tu ne restes pas toute seule. J'installe une chaise et la table de camping. Je monte à la cuisine chercher le reste.

J'ai descendu tout ce qu'il faut sur un plateau : assiette, couverts, serviette, bouteille d'eau... Les haricots ! J'ai oublié de les réchauffer. Biscottes, beurre, fromage, ça ira très bien avec le jambon. C'est bon, j'ai tout ? Je déteste me lever quand je suis à table. Une crème brûlée pour le dessert, et je ne bouge plus avant d'avoir terminé.

Profites-en ! J'ouvre ta porte en grand pendant deux minutes, mais pas plus, sinon, tu vas fondre.

Tu sais que Laurent m'a quasiment fichu dehors sous prétexte que sa femme l'attendait pour déjeuner ? Je me demande combien de temps ça va durer leur affaire... Tu te souviens, c'était notre jeu favori. Prévoir la longévité des couples qu'on connaissait. Je ne crois pas que nous ayons donné plus de quinze ans à l'un deux. Je ne crois pas non plus qu'un seul ait dépassé les sept. Nous étions enviés du haut de nos onze ans. Tu n'as jamais douté que nous étions ensemble pour la vie et, pourtant, tu refusais cette union durable aux autres. Statistiquement, tu avais à moitié raison à Paris, aux deux tiers pour nos amis provinciaux. La vérité cachée te fait visionnaire, mon ange : si tu additionnes les couples qui ne divorcent pas parce que ça ne se fait pas, ou pour protéger leur enfant d'un éventuel choc psychologique, les couples qui se trompent, ceux qui restent ensemble pour affronter les soucis matériels, et se trompent aussi d'ailleurs, ou veulent éviter le coût d'une séparation, ceux qui craignent la solitude ou ne changeraient leurs habitudes pour rien au monde, les couples formés en désespoir de cause par les déshérités du sentiment, et ceux dont la surface de l'appartement interdit décemment le recours à l'animal domestique en cas d'ennui cathodique, tu obtiens un nombre de « vieux » couples unis par l'amour proche de pas grand-chose. Un résultat rassurant pour nous deux, non ?

Le téléphone !

Ça ne rate jamais ! C'est vrai que je déjeune tard, mais pourquoi cet engin sonne-t-il toujours quand je mange ? Je ferme pour que tu n'attrapes pas chaud. Je reviens vite.

C'était ta sœur. Elle voulait venir te voir. Je lui ai dit que tu étais partie en reportage et que je ne savais pas quand tu revenais. J'en ferais quoi, de ta sœur ? Elle est jolie, ça m'ennuierait de la tuer. Et puis il faudra bien que je trouve une excuse pour tes parents, tes amis, et les miens aussi. Si tu étais morte dans l'incendie de la maison, par exemple, j'éviterais la prison, je toucherais l'assurance-habitation et ton assurance-vie. C'est un peu mesquin, j'en conviens. Ce n'est pas évident de tuer une morte. J'aurais dû demander à Raymond comment il avait expliqué la disparition de sa femme. Il avait beaucoup d'expérience à partager, Raymond. Mais il avait la scie baladeuse, c'était son seul défaut.

On va choisir ta mort ensemble !

Je dresse la liste de tes morts possibles et tu me dis celle que tu préfères. Un papier, un crayon... Je te propose en un, attends, je réfléchis... la noyade. C'est bien, ça, la noyade. Le corps immergé plusieurs jours est à peine reconnaissable. C'est même étonnant que je n'y aie pas pensé avant. Qui ne dit mot consent. Tu es donc d'accord. En deux, l'incendie. On t'identifie par les dents, on ne détermine plus la date de ta première mort, ce n'est pas mal non plus, mais je perds la maison. En trois, l'accident de voiture du haut d'une falaise. Ça fait film et ce n'est pas évident à réaliser. En outre, je perds la voiture. En quatre, la disparition pure et simple que je signale à la police. Je serai interrogé, éventuellement suspecté. Un rôle de composition difficile à tenir. En cinq, l'attentat terroriste. Je te mets dans une voiture piégée, une ceinture à la taille bourrée d'explosifs, et hop, dispersée la Sylvie. Mais je risque de tuer des innocents.

Difficile de faire un choix.

J'ai oublié ! Ton téton ! Avec un téton en moins, la cause est entendue : c'est le feu ou la disparition. Il faut que je pèse le pour et le contre. Ce n'est pas facile. Je devrais m'aérer l'esprit. On est toujours l'un sur l'autre. J'ai besoin de vie, de bruit. Je vais aller danser à Yvetot, ce soir ; ça va me faire du bien.

*

* *

Que penses-tu de ma chemise ? Soie rouge, boutons nacrés... Tu te souviens ? Tu me l'avais achetée chez un Indien, à Paris. Pantalon écru en lin, mocassins marron en cuir retourné, pas de chaussettes, comme tu me l'avais conseillé. Pas mal, non ? C'est que je sors célibataire. J'en ai perdu l'habitude. Je serai timide sur la piste. Au début, en tout cas. Après, je compte retrouver mes automatismes de jeunesse.

Tu te souviens la première fois qu'on s'est vus, au Queen ? 16 juin 1994. J'étais un des seuls hétéros dans cette boîte gay. Le meilleur plan drague de Paris. Tu venais t'amuser, insouciante, rassurée par le côté homo du lieu. Loin de te douter que quelques fauves rôdaient. Tu portais une mini-jupe noire, un caraco assorti, des bottes en cuir qui moulaient tes jambes jusqu'à mi-cuisse. Elles étaient noires aussi, comme les lunettes qui tenaient tes cheveux. J'aurais dû me douter que tu étais une fille sombre. Mais tu étais si belle.

Je me suis approché de toi sur la piste et je t'ai invitée à boire un verre. Tu m'as souri sans répondre. Tu t'es détournée en dansant. Je voyais tes épaules fines découvertes, tes hanches galbées. Je n'ai pas résisté. J'ai posé mes deux mains dessus et je t'ai déhanchée au rythme d'un vieux Donna Sommer déjà furieusement tendance. Tu t'es laissé faire sans te retourner. Ça m'allait très bien. Les tubes disco s'enchaînaient. Je devenais de plus en plus entreprenant. Je caressais ton ventre, tes bras nus, tes épaules. J'ai commencé à t'embrasser la nuque, le cou. Tu ne bronchais pas. Ton corps, lui, parlait. Il se collait à moi de plus en plus. Tes fesses massaient mon sexe, à moins que ce ne fût l'inverse. Mes mains jouaient sous ton caraco, découvraient tes seins nus, redescendaient sous ta jupe. Nous avons bien dansé une heure comme ça. Sans même que tu me regardes. Et puis je t'ai retournée, fermement, et je t'ai embrassée. C'est après que nous avons commencé à discuter au bar.

C'était une bonne idée d'en finir un 16 juin. Ça nous a donné onze ans jour pour jour. Je trouve ça beau. Je ne sais pas si je serais capable d'un même élan pour une inconnue, aujourd'hui. Je n'ai pas dansé depuis des années. Je suppose que ça ne s'oublie pas.

*

*   *

Et dire qu'ils osent appeler ça Le Must ! Un cube en préfabriqué dans la zone industrielle d'Yvetot. Et pourtant, il y a la queue, c'est la seule boîte de nuit de la région. Le videur n'a pas l'air méchant. Il laisse entrer tout le monde. Je le salue, il répond : « Allez-y ! » L'entrée ne coûte que huit euros. La caissière m'indique le vestiaire obligatoire. Elle est charmante. J'entre dans l'arène. La piste est petite, mais les coins salons sont nombreux. De jeunes gazelles se trémoussent sur des plots. L'âge moyen culmine à vingt ans. Je suis certainement le doyen de la soirée. C'est mon atout, ce soir. Je vais éviter de transpirer sur la piste. C'est près du bar que j'ai le plus de chances de faire une rencontre.

Je ne suis pas motivé. Je m'emmerde. Il n'y a pas d'autres mots. Je n'aime pas cette musique, je n'aime pas ces jeunes, je n'aime pas le décor. J'ai envie de rentrer. Je vais quand même proposer un verre à la petite là-bas. Elle a une vingtaine d'années, un beau sourire, elle est joliment faite et elle est seule. Soit son mec est aux toilettes, et je prends un risque, soit personne n'en veut, et je prends un risque.

Je me redresse, droit mais pas raide, j'avance vers elle. J'ai Delon en tête. Je suis Delon. Delon jeune.

« Bonsoir. » J'ai pris ma voix la plus grave et je crois qu'elle s'est confondue avec les basses technoïdes. Elle réplique d'un « bonsoir » charmeur.

Un blanc. Aïe ! Mauvais.

Enchaîner, vite enchaîner.

« Je vous observe depuis de longues minutes. Vous êtes vraiment très belle. » C'est nul, affligeant, mais je sais qu'à la première rencontre seuls dix pour cent du message s'expriment au travers des mots, alors je soigne le ton, la gestuelle et le regard, au détriment des futilités que je déverse. Je me concentre sur la présentation. Elle a dit merci, elle me regarde toujours, c'est tout ce qui compte.

« Je m'appelle Emmanuel, et toi ? » Elle dit qu'elle s'appelle Sandrine.

Je dois relancer.

« Sandrine ? Je suis ravie de te rencontrer, Sandrine. Je peux t'offrir à boire ? » Si j'écoute ce que je dis, je vomis. Je déteste cette vulgarité hypocrite.

« Pourquoi pas ? », répond-elle. C'est lamentable, et ça marche.

« Tu veux quoi ? » Elle demande un Coca, j'en fais autant.

Nous allons nous asseoir dans un coin salon, loin des enceintes. Nous parlons de tout et d'elle. Elle est étudiante. Elle vient de dire en quoi et j'ai déjà oublié. Mais je lui exprime toute mon admiration. Dès qu'elle parle de moi, je rebondis sur elle. C'est un point marqué à chaque fois. Ne pas parler de soi, sauf sous la contrainte. Du mystère. Et de l'argent. Ça reste le meilleur cocktail de drague.

Ça fait une heure qu'elle cause. Je dois recadrer, sinon elle va me trouver « super-sympa » et s'en aller en me remerciant de ce

« super-moment ». Je dois créer un climat érotico-sensoriel.

Je suis Delon.

Je me rapproche. Elle ne recule pas, c'est bon signe. J'avance ma main vers son visage, j'effleure sa joue. Ses pupilles se dilatent, elle incline légèrement la tête en arrière... Bingo ! Je me penche vers elle, pose mes lèvres contre les siennes. Nous nous embrassons. J'ai vingt ans.

*

*   *

Je reste excellent. Les années n'ont pas de prise sur moi ! J'adore comme j'ai été ce soir.

I feel good, ta-nin-nin-nin-nin-nin-nin,
I know that I shoudn't,
Ta-nin-nin-nin-nin-nin-nin,
I feel good, ta-nin-nin-nin-nin-nin-nin,
I know that I shouldn't, ta-nin-nin-nin-
[nin-nin-nin,
I feel, I feel, I feel good, o-o-o-o-o.

J'ai pris son numéro au cas où. Je ne pense pas que je la rappellerai. On ne sait jamais. Au moins, j'ai des choses à raconter à Sylvie. Elle va être jalouse. Elle n'a pas l'habitude.

*

*   *

J'ai la tête qui va exploser, les oreilles qui sifflent, la gorge enfumée de cannabis et de mauvais tabac. J'ai pris de l'aspirine, un Strepsil plus un Témesta pour dormir, mais j'ai l'impression que ça ne suffira pas.

Je suis tellement excité, avec cette Sandrine ! Elle était craquante dans mes bras. J'ai encore son parfum sur les mains. Je ne les ai pas lavées pour garder son odeur. Je voulais lui proposer le classique « dernier verre » chez moi, mais je n'ai pas osé, avec Sylvie à la maison.

Je m'emballe pour une midinette de vingt ans que je ne reverrai certainement jamais ! Je perds la boule ! C'est ridicule. D'autant qu'elle n'est pas plus belle que Sylvie.

J'ai toujours vu les gens se retourner sur ma femme, dans la rue comme ailleurs. Au début de notre relation, j'étais impressionné par sa beauté, et puis je m'y suis habitué, jusqu'à l'oublier.

On aurait dû se tromper, elle et moi. Ou plutôt se prévenir qu'on allait se tromper. Ça nous aurait énervés, mais on aurait sans doute essayé de se plaire. Comme avant. Avant le pantalon de jogging à la maison, avant la porte ouverte pendant la selle, avant les poils et les odeurs.

Je hais le couple.

SIXIÈME JOUR

J'ai froid dans ce grand lit. Demain, je dors en pyjama. Finalement, un corps chaud contre soi, le matin au réveil, c'est quand même bon. Je ne vais pas grelotter plus longtemps, je me lève. Que c'est dur ! J'ai dormi trois heures. J'ai besoin d'un litre de café avant de voir ma belle. Elle est bien, elle, au froid. C'est injuste.

*
* *

Coucou ! Bien dormi ? Mieux que moi, je suis sûr. Tu sais que je suis allé danser, hier soir... et draguer un peu. Alors ? À ton avis ? J'ai conclu ou non ? Bien vu ! Il est bon le Manu. Elle s'appelle Sandrine. Elle est jeune ; vingt ans, brune avec des yeux bleus comme les tiens. Elle a des lèvres chaudes et moelleuses.

Quoi tu t'en fous de ses lèvres ? Moi pas. Et ça m'excite de te le raconter. J'aime te savoir jalouse.

Je ne sais pas si je vais la revoir. Je t'en parle, et j'ai envie de l'appeler ; c'est drôle. Ça tuerait le temps. Je fais les cent pas entre la cave et le rez-de-chaussée. Je tourne en rond dans la maison. Je manque d'inspiration en ce moment. À quoi bon peindre si je n'ai rien à dire ?

Je pourrais te représenter dans ton congélateur, porte ouverte ; ce serait original ; ou, mieux, proposer à ma galerie l'exposition conceptuelle de ce congélateur scellé, avec l'étiquette « Femme d'artiste ». Manzoni avait bien exposé des boîtes de conserve étiquetées « Merde d'artiste » dans les années 1960. Il était fort, le rital : trente grammes de merde, vendue au gramme selon la cotation journalière de l'or. Et sans même qu'on pût vérifier ce qu'il y avait dans ses conserves. Le risque, avec ton congélateur, c'est qu'un autre artiste, en quête de publicité, ne l'ouvre devant les médias. Bazile a d'ailleurs ouvert une « Manzoni » en public. Imagine la tête des collectionneurs devant la tienne ! Ce serait un coup de pub gigantesque. Je ferais la une de tous les journaux et magazines. *Beaux Arts*, *Art Press*, *Le Point*, *L'Express*, *Le Monde*, *Le Figaro*, je les aurais tous. Quoique... Ce n'est pas si sûr. Pour peu que mini-Bush balance quelques bombes sur l'Iran ou envoie ses boys tâter de la gâchette dans le trou du cul du monde, je passe à l'as. C'est Bush que j'aurais dû congeler !

Pourquoi je te parle de ça, au fait ? Ah oui ! Parce que je n'ai pas envie de peindre. Je préfère rester là, à te parler. On n'a jamais pu discuter en semaine. Tu travaillais, moi aussi, et le samedi était consacré aux courses, aux amis, au bricolage, comme le dimanche l'était à la famille. De toute manière, je n'essayais plus de communiquer avec toi. Tu m'interrompais sans arrêt pour m'exprimer un avis que je prenais soin de ne pas te demander.

C'est quand même plus agréable comme ça, non ? On est détendus, à l'aise. Tu vois comme nous aurions pu être bien, ensemble, si tu t'étais montrée moins envahissante ? On ne va pas refaire le passé. Ce n'est pas maintenant que tu vas changer.

Je vais me balader le long de la Durdent. J'ai besoin de me relaxer pour préparer le texte de ma déposition. Je te confie la maison le temps de réfléchir. J'irai à la gendarmerie dans la foulée, et je ferai les courses après. Je serai rentré pour le déjeuner. Bisou.

*

* *

Elle est belle, la Durdent, mais elle ne m'aide pas beaucoup.

Je n'ai aucune idée logique pour expliquer l'absence de Sylvie. Qu'est-ce qu'elle aurait pu faire, bon sang de bonsoir ? J'ai trouvé ! Le Must ! Samedi soir, elle est allée au Must toute seule. Elle avait envie de danser, je voulais dormir : ça tient la route. Le matin, comme elle n'était pas là, j'ai pensé qu'elle avait peut-être rencontré un type en boîte. À la fin de la journée, j'ai commencé à m'inquiéter, car je n'avais toujours aucune nouvelle. Je me suis décidé ce matin à aller à la gendarmerie, parce que ce n'est vraiment pas son genre de s'absenter deux jours sans prévenir. Parfait ! J'ai ma déposition. Ce n'est pas la même version que pour sa sœur. Tant pis. Je dirai que je n'ai pas voulu l'alarmer.

Les gendarmes m'expliqueront qu'ils travaillent sur l'affaire Derangon parce que, là, au moins, ils sont sûrs que ce n'est pas pour rien. Je les entends déjà. Je leur soumettrai l'éventualité d'un rapport avec la disparition de Sylvie, ils me diront de les laisser mener leur enquête et de les prévenir quand mon épouse sera rentrée, ou de repasser les voir dans trois jours. Ils penseront que je suis cocu, et c'en sera terminé.

J'adore cette rivière ! Je savais qu'elle finirait par me donner une idée.

*

* *

La gendarmerie borde la départementale à l'entrée d'Héricourt. C'est un cube rouge et blanc, sale, qui ne déparerait pas une cité HLM, un bâtiment incongru, à proximité des vieilles briques, silex et colombages des maisons alentour. La grille bleu délavé est fermée. Une pancarte à moitié effacée indique les horaires de permanence et invite à utiliser l'interphone. Je sonne. « C'est pour quoi ? » Je réponds que ma femme a disparu. Immédiatement, la grille s'ouvre. Sans grincer, ce qui m'étonne. Je traverse la petite cour. Deux jeunes gendarmes me reçoivent. Ce ne sont pas ceux qui sont venus chez moi. Je prends un air contrarié. J'accélère mon débit et mime quelques tics nerveux pour déplorer la disparition de Sylvie.

Je leur explique que je ne l'ai pas revue depuis qu'elle est partie, toute seule, samedi soir ; qu'elle devait aller danser au Must et revenir dans la nuit. Ils me demandent de décliner mon identité et celle de ma femme. Ils enchaînent les questions sur notre mariage, notre entente, nos amis, nos éventuels enfants, les voisins susceptibles d'avoir vu Sylvie récemment, la voiture qu'elle conduisait lorsqu'elle a quitté le domicile, ses habitudes, sa santé physique et mentale, qui aurait pu la conduire à une tentative de suicide, les armes que nous pourrions détenir.

Leur professionnalisme m'inquiète. Ils diffusent devant moi un message de recherche aux brigades environnantes, puis m'exhortent à les recontacter si je n'ai pas de nouvelles dans les deux jours. Ils l'inscriront alors en « personne recherchée » au niveau national, et ratisseront la région avec des chiens. Pour l'instant, ils vont interroger le personnel du Must et les voisins. Je leur ai apporté une photo de Sylvie. Ils espèrent que le physionomiste de la boîte la reconnaîtra.

Je les remercie de leurs efforts. Je les quitte avec mon plus bel air de chien battu. J'ai légèrement voûté mon dos. Je marche lentement. Je m'arrête, je lève les yeux aux ciel, j'inspire. Je les entends me souhaiter « bon courage. » Je ne me retourne pas. Je repars vers la grille en dodelinant de la tête.

Quel acteur ! Mais quel acteur je fais !

*

* *

Hello darling ! Je n'ai pas été long. J'ai signalé ta disparition aux gendarmes et, sur le retour, j'ai acheté plein de fruits. Je n'en mange pas assez. Je commence une cure de raisins, bananes et pommes. Tu pourrais me préparer une salade de fruits...

Tu sais qui j'ai vu en faisant les courses ? Notre curé ! Chez le marchand de légumes. C'est au moins la cinquième fois que je le croise, cette année, et je ne suis jamais allé à l'église. C'est bien la preuve que Dieu est partout.

Après le déjeuner, j'irai chercher des timbres. J'en parle depuis une semaine. J'aurais dû les acheter en faisant les courses.

On n'est pas mal, dans cette cave. Je n'aurais jamais cru qu'on y mangerait un jour. Elle est bien éclairée, ventilée. C'est plutôt un cellier qu'une cave. C'est triste, d'ailleurs, comme mot, « cave ». Ça sonne noir, humide, Seconde Guerre et bombardements. C'est la dernière fois que j'emploie ce mot. Dorénavant, je dirai « boudoir ». C'est tellement plus joli de te rendre visite dans ton boudoir. Certes, on ne devrait pas y manger. Disons que le côté torride de notre nouvelle relation a eu raison de l'intimité policée de ton boudoir.

J'installerai un ampli et une platine pour qu'on écoute les vieux vinyles qu'on aimait tant.

Whight is Whight,
Dylan is Dylan,
Whight is Whight,
Viva Danova.
C'est comme un soleil,
Dans le bleu du Ciel...

Tu te souviens ? Qu'est-ce qu'on a pu se le passer ! Delpech, Polnareff, les Shadows,

Santana... et Julien Clerc : *Ma préférence. Ma préférence à moi...* Mais c'était toi, ma beauté ! Et les Eagles, *Hotel California...* six minutes trente de sexe sur la table de la salle à manger ! T'as pas pu oublier. Essaie de faire ça sur Obispo, tiens !

Je te regarde et j'ai envie de danser avec toi. Tu te rappelles, quand je faisais semblant de ne pas te connaître, en boîte ? Je t'invitais à danser, je t'embrassais avant la fin du slow ; les mecs autour étaient verts ! C'étaient nos premières années. J'avais récupéré tous les vinyles de mes parents, avec leur platine, une Thorens, le rêve de mes quinze ans ! Et tu vois, elle tourne toujours !

C'est idiot mais, pour la première fois de ma vie, j'ai peur des coupures de courant. J'imagine un gros orage dans la nuit, et toi en eau le lendemain. Il nous faudrait un petit groupe électrogène. Je m'en voudrais de te laisser à la merci d'un éclair malveillant.

Je pars maintenant, sinon, je vais oublier. On a dit : des timbres et un groupe électrogène... Tu as besoin de quelque chose ? Non ? Tu es sûre ? Après, tu vas dire que je ne m'occupe pas de toi. Alors à tout à l'heure.

*

* *

J'ai acheté six carnets de timbres, j'ai bien le droit de lire un quart d'heure ? Il n'osera rien dire. La boutique n'est pas grande, et je gêne un peu en feuilletant *Détective* ici. Mais, si je bouge, je bloque l'accès aux jouets et aux DVD. Il y a beaucoup trop de choses là-dedans ! Est-ce que j'encombre le boudoir de Sylvie avec un tas de saloperies, moi ? Il y a même un espace Poste-colis et un coin photocopie qui côtoient le rayon librairie et la presse pour adultes, celle-ci jouxtant le présentoir de cartes postales, qui lui-même cache les fournitures scolaires, l'ensemble dans dix mètres carrés. Et après on dira que c'est moi qui gêne !

« Vous prenez *Détective* aussi ? » Ça, c'est petit. Il a attendu qu'entre une cliente pour me poser sa question fielleuse. « Vous ne l'avez pas compté ? Je vous l'avais demandé en payant les timbres. Je le feuilletais ici parce qu'il pleut dehors. »

Dans ta gueule, faux-cul ! Qu'est-ce que tu réponds à ça, hein ?

« Excusez-moi, Monsieur, je suppose que vous m'avez aussi demandé *Rétroviseur* et *Micro-hebdo* ? »

Tu as une gueule d'emplâtre et tu es vraiment un con, toi ; attends un peu.

« Évidemment ! Vous voyez bien que je les ai en main. Vous étiez tellement occupé à relever le compteur de votre photocopieur que vous ne m'avez pas écouté. »

Cette fois, il s'excuse et bafouille un montant à peine audible que je lui règle d'un billet de cent euros rien que pour l'emmerder. Et ça marche ! « Vous n'avez pas plus petit ? Je n'ai pas la monnaie. » Je lui réponds : « Non, je ne gagne pas ma vie en vendant des photocopies. » Il n'apprécie pas. Il me rend mon billet : « Vous réglerez la prochaine fois. » Je le remercie de sa confiance, le nargue d'un long sourire et sors de son cloaque.

*

* *

Dans un magasin de bricolage, j'ai envie de tout. C'est insensé. Je ne suis pas manuel et la simple vue d'une échelle me donne le vertige. J'ai juste l'impression qu'avec le matériel idoine je saurais faire proprement les réparations de la maison. J'économiserais les services d'un professionnel et les tensions qui l'accompagnent.

Terminé les dix appels pour joindre le plombier qui vient avec une semaine de retard effectuer les réparations qui tiendront trois mois. Fini les supplications au menuisier pour qu'il termine le meuble de la salle de bains payé depuis trente jours. Oublié les problèmes de parquet qui se décolle et les traces de silicone sur les fenêtres. Mon indépendance domestique vaut bien quelques euros. Pourtant, je ne suis toujours revenu à la maison qu'avec une prise multiple, deux ampoules ou des clous. À chacun son métier. J'avançais que je n'avais pas le temps ; Sylvie m'opposait que je n'avais pas la volonté. Comme je manquais de courage pour apprendre et d'énergie pour contredire Sylvie, je payais des ouvriers que je regardais travailler, certain que je ferais aussi bien qu'eux. Mais aujourd'hui, je veux mon groupe électrogène. Lequel choisir ?

Un vendeur approche ; je me tourne vers lui. Il propose son aide. Je le prie de me conseiller parmi tous ces groupes. « Tout dépend de l'usage que vous en aurez, Monsieur. » Je lui réponds que c'est pour un gros congélateur, en cas de coupure de courant. Il me parle alors de petit moteur, de gros moteur, d'essence, de mélange deux-temps, de bougies à changer, de niveau de décibels, de résistance de la peinture à l'extérieur. Je n'y comprends rien. Je tiens seulement à garder ma femme au froid. Je lui demande s'il en a un chez lui. Il me dit que oui. Je lui dis que je veux le même, et l'affaire est entendue parce que « ça tombe bien », il lui en reste un en stock.

Nous chargeons la bête dans le break. Elle est grosse, mais pas trop lourde. Je pourrai la décharger seul.

Je pars confiant. J'attends l'orage.

*
* *

Je t'ai tout raconté, Sylvie. Je ne m'étendrai pas sur le marchand de journaux, ni sur les données techniques de ce groupe électrogène. J'ai passé un après-midi sans intérêt, mais qui me permet de te faire la lecture de *Détective*. Tu n'imagines pas la cruauté des gens !

Je te lis les titres de une : « Trois enfants tués pour une vengeance de cour de récréation » ; « Elle se jette du cinquième étage pour échapper à son violeur » ; « Il part en vacances à Saint-Tropez avec le cadavre de sa femme dans ses bagages ». J'ai tort de te lire ça. Ça va te donner le cafard. Tu n'as jamais aimé les histoires tristes.

J'ai acheté ce canard pour y trouver une idée pour nous. Si tu veux qu'on reste ensemble, il faut que la thèse de ta disparition tienne la route, et qu'on ne te trouve pas ici. D'accord, on ne vivra pas ensemble en permanence, mais c'est mieux que rien. Toujours ta sale manie de voir le verre à moitié vide ! Toi aussi tu vas me manquer. Je te détestais il y a quelques jours, mais c'est passé bien vite. Il a suffi que je ne t'entende plus me houspiller sans arrêt et te plaindre sans cesse. Là, tu es celle que j'ai toujours aimée. Je te regarde et je me revois, jeune, amoureux. Je me souviens de cette sensation de boule chaude dans l'estomac quand je pensais à toi. Tu étais la princesse de tous mes fantasmes.

Je nous imaginais parents de quatre enfants. Je sais que c'est ton plus grand regret, mais tu n'y es pour rien. Tu t'es gâchée la vie à cause de ça. On aurait pu en adopter. Tu as préféré te lamenter, en vouloir au Ciel, insulter ses saints et faire de ton quotidien notre enfer.

Bien sûr, je ne t'ai pas beaucoup aidée. Je me suis même éloigné. Je redoutais ta tristesse ; je haïssais ton cafard.

Tu étais invivable, comment voulais-tu survivre ?

Tu me flingues le moral. Je te laisse. Je vais dîner seul dans la cuisine.

*
*   *

Elle est sournoise, à ne rien dire. Je fais les questions et les réponses ; elle joue au miroir. C'est normal, c'est une glace. Ah, ah ! Excellent ! Allez, il ne faut pas que je me laisse abattre par les ondes négatives qu'elle émet. Ce n'est pas maintenant qu'elle va mettre de la joie dans la maison.

Les placards sont vides. Plus de biscottes, plus de céréales, plus de lait, plus de pâtes, plus de riz. Il reste des haricots verts et des chips molles. Plus de beurre non plus. J'ai des fruits pour une semaine, c'est toujours ça. De toute façon, elle m'a coupé l'appétit. Avec sa déprime constante : « Si on avait des enfants, si on avait une petite fille... » On n'a pas de gosses. Point.

C'est dégueulasse, les haricots verts sans beurre. Une banane, ça suffira pour tenir jusqu'à la pomme du petit-déjeuner. Je me couche.

*

* *

Encore une fois, je n'arrive pas à m'endormir !

Je pense aux Derangon. C'étaient des gens sympathiques. J'ai peut-être été impulsif une fois de plus. Mais n'importe qui aurait fait pareil. Je vais les voir spécialement pour les mettre dans la confidence, je les choisis, eux ! et, en guise de remerciement – ne parlons même pas de compréhension –, monsieur Derangon éclate de rire. C'est vexant. D'un côté je m'en veux un peu, de l'autre je me comprends parfaitement. En plus, c'étaient des retraités. Ce n'est pas comme si j'avais tué Cathy et Fred. Ça me fait penser que je n'ai pas rendu sa scie à Fred.

Je dramatise, là.

Si je récapitule, j'ai tué Sylvie, les Derangon et Raymond. Ça fait trois vieux et une femme à mi-parcours. C'est quoi, à côté des Irakiens et des jeunes soldats américains qui meurent tous les jours, ou des génocides africains ? Autant de morts qui sont le fruit d'une politique.

Eh bien, Oherville, c'est mon Bagdad, c'est ma politique personnelle.

Je ne vois pas en quoi je serais plus coupable que Bush. Comme lui, j'ai fait des choix dont certains ont pâti. C'est la vie, mais moi, je risque la prison...

Je devrais me faire une tisane ou prendre un somnifère. J'ai la flemme de me lever, mais c'est ça ou refaire le monde toute la nuit. Courage !

*

* *

Je suis venu discuter avec toi le temps de boire ma tisane. Je n'ai pas sommeil. Je ne me sens pas très bien. J'ai le ventre dur et douloureux sur les côtés. J'ai voulu prendre du Spasfon mais la boîte était vide.

Je ne sais pas quoi te dire. Je ne trouve rien. Vide. Je suis vide. J'ai les jambes en coton, les sinus encombrés et la gorge qui pique. Je couve sûrement quelque chose. Ou alors, c'est de l'allergie. Je prendrai deux Oropivalone avant de me recoucher.

Laurent dit toujours « qu'une maladie n'est pas un ennemi à combattre mais une information à décoder ». J'ai appris la suite par cœur en espérant la comprendre un jour : « La maladie nous permet d'identifier le problème que nous avons à résoudre pour retrouver notre essence. » En gros, si j'ai mal à la gorge, c'est qu'il y a quelque chose que je n'arrive pas à dire ; si je souffre des oreilles : que je ne veux pas entendre ; des yeux : que je ne veux pas voir, etc. Je sais que ça te laisse froide et que tu n'y crois guère, mais je suis personnellement convaincu du raisonnement. Il appelle ça le « décodage biologique des maladies ». Il y a de plus en plus de livres sur le sujet. Je devrais en lire un.

Aide-moi. Je ne veux pas me recoucher tout de suite. Donne-moi l'inspiration. Souffle-moi le premier mot.

« Idiot. » C'est tout ce que tu as trouvé ? Ça ne m'étonne pas de toi. Tu veux que je me flagelle, *mea culpa, mea maxima culpa* ? C'est hors de question ! Je t'ai déjà dit et répété que tu ne m'as pas laissé le choix. Les autres non plus, d'ailleurs. Non, je ne suis pas de mauvaise foi.

Aïe, mon ventre ! Tu me fais souffrir inutilement. Tu veux que je vomisse ?

Je n'ai pas eu tort. Je refuse de m'engager sur cette voie. Je ne veux plus discuter avec toi. Tais-toi ! Tu m'entends ? Tais-toi ! Je ne t'écoute plus. Na na na na na na na na na na na na na na na na na na na na na...

Alors, ça y est ? Tu as terminé ?

« Pauvre mec ! »

C'est tout ce que tu as trouvé ?

« Malade mental ! »

Tu vas la fermer, oui ! Na na na na na na na na na...

Tu me fatigues ! Après tout, je t'en remercie. Je retourne me coucher. Et ce n'est pas la peine d'essayer de me reparler, je ne t'écoute pas. Na na na na na na na na na na na na na...

Je vais manquer de salive.

SEPTIÈME JOUR

La sale nuit ! J'ai rêvé que Bush arrivait chez les Derangon morts et qu'il leur disait de cesser leur comédie, qu'il allait les envoyer tous les deux combattre l'Iran qu'il avait prévu d'envahir demain. Ensuite Bush venait me dire qu'il avait besoin de gars comme moi, directs et impulsifs, dans son unité d'élite, pour égorger les rescapés de la Nouvelle-Orléans qui allaient lui prendre son argent caché pour la guerre en Iran. Le cauchemar, c'est que j'acceptais fièrement. J'exécutais ma mission le jour même, au couteau électrique pour aller plus vite, et je demandais l'autorisation d'aller trancher des gorges iraniennes.

Je mets deux heures pour m'endormir ; j'ai le sommeil agité et je me réveille tôt. Ça ne va pas du tout.

J'ai besoin de Sylvie.

*
* *

Je me sens plus à l'aise quand je te parle porte du congélateur fermée. On ne se voit pas, je me sens à confesse et les mots me viennent. On aurait peut-être dû essayer de communiquer de part et d'autre d'une cloison plutôt que de s'insulter yeux dans les yeux.

Je voulais t'avouer que je n'ai pas été très gentil avec les Derangon. J'ai été un peu brutal. Non, je ne me suis pas excusé. Pourquoi ? Manque de temps, manque de mots, qu'est-ce que j'en sais ? Ne commence pas à me harceler de questions. J'ai agi comme j'ai cru bon sur l'instant. Je n'étais pas dans mon état normal.

Je te jure que les heures qui ont précédé et suivi ton décès, j'étais « ailleurs » : je souffrais d'euphorie meurtrière.

Dieu, que je hais cet adjectif !

Je n'oserais jamais t'avouer tout ça porte ouverte. J'ai le courage d'un lâche et la force d'un faible. Tout à l'heure, peut-être, je trouverai matière à m'admirer. Je m'impressionnerai une fois encore, mais combien de temps mon esprit survivra-t-il à la réalité ? Jusqu'à quand étouffera-t-il mes prises (ou devrais-je dire mes crises) de conscience ?

Je me mentirai jusqu'au bout, parce qu'il faudra que je continue à te détester pour m'accepter. Tu comprends ? Je te haïrai pour m'aimer encore. J'insulterai tout ce que tu représentes pour justifier mon acte. Je n'ai pas le choix. Et si, ce soir, je te crache dessus, si demain je te frappe, ne m'en veux pas. S'il te plaît.

J'aimerais que tu me donnes à dire trois *Pater* et deux *Ave*, que tu m'absolves et qu'on oublie. Il n'y a que l'oubli qui pourrait guérir mon corps. Je sais ce que tu penses. Je mérite de souffrir à mon tour. C'est de bonne guerre. J'ai des brûlures d'estomac terribles. Il y a une bête qui me ronge à l'intérieur et je dois cohabiter avec elle.

Je vais boire un café à Héricourt, histoire de savoir si on y cause des Derangon. Ils en parlent certainement aux informations. Je n'ai jamais voulu ni télé ni radio pour avoir la paix, mais, là, je regrette un peu. Les DVD, c'est bien, mais ça ne me dit pas si la police a un suspect.

*

*   *

Il pleut. Cette fois, je prends la voiture. Je ne compterai pas les truites de ma Durdent aujourd'hui. J'ai l'étrange sensation d'être infidèle à ma rivière. Tant pis, elle comprendra.

J'achète le journal avant d'aller au bistrot. Je dois toujours une dizaine d'euros au marchand de journaux. « Bonjour, je viens payer mes dettes. Je voudrais aussi le *Courrier cauchois*, s'il vous plaît. » Il me tend le *Courrier* sans me regarder. Il prend le billet de vingt euros, me rend la monnaie et se tourne rapidement vers mon voisin. Il est jaloux. C'est un pauvre type jaloux. J'ai une belle femme, je suis un artiste connu. Il m'envie.

*
* *

Derangon : l'affaire est en première page. Je veux la lire au calme. Je renonce au café et m'installe dans ma voiture. J'ai les mains qui tremblent. Je lis : « Les indices sont exceptionnellement nombreux. Empreintes, cheveux, traces de boue, entrée sans effraction, les éléments orientent les enquêteurs sur la piste d'un proche de la famille, voisin ou ami. Une prise d'empreintes de tous les habitants de la région est envisagée. »

Je n'arrive pas à déglutir. Comment ai-je pu envisager un temps de me livrer aux gendarmes ?! Je ne veux pas finir ma vie en prison. Surtout pas à cause d'un couple de vieux ! Je suis incapable de conduire. Je ne sens plus mon corps. Je sors de la voiture. Je titube. Je me traîne vers l'église. J'inspire profondément, j'expire. Je recommence. Encore. Et encore.

Je ne peux pas moisir dans neuf mètres carrés. C'est impossible. Pas moi !

Je me ressaisis. Je m'assois sur les marches de l'église. J'ai subitement envie de m'y abriter. Elle est fermée. À l'autre extrémité de la place, il y a le marchand de primeurs. C'est le bout du monde. Il faut que j'achète des légumes. Qu'est-ce que je m'en fous de mes légumes ! J'avance dans la ouate, j'ai l'impression de m'enfoncer. J'entre chez le marchand. Je claque des dents. J'ai envie de pleurer.

Je ne veux pas pourrir dans une cellule avec des voleurs et des assassins.

Je ne peux pas regarder la vendeuse ; j'ai l'impression qu'elle va me reconnaître. Je prends le strict minimum et retourne à la voiture. Je vais m'enfermer à la maison.

*

* *

Je confie à Sylvie mon angoisse. J'aimerais tellement qu'elle me soutienne ! M'a-t-elle seulement compris une fois ? Peut-être. L'ai-je assez regardée pour voir si elle me comprenait ? Je n'en suis pas sûr. Au début, sans doute. Après, je ne sais plus. Je ne me souviens que de sa voix qui me tançait, de son regard qui m'en voulait, et de son air réprobateur.

Je comprends que je suis comme ces voleurs qui en veulent à la police ou à la victime qui les a dénoncés. Je ne me suis pas vraiment demandé pourquoi rien n'était à son goût.

Pourquoi se plaignait-elle sans cesse ? Je lui ai souvent posé la question, mais je n'ai jamais admis ses raisons : elle disait en avoir mille. « Je suis énervée à cause d'un ensemble de choses. Ce n'est pas parce que tu as mal fait le lit que je me plains », disait-elle. Je lui faisais remarquer que c'était pourtant bien à propos du lit qu'elle avait hurlé. Elle répondait que, « le lit, c'était la goutte de trop ». À force, la maison a débordé, sans que je sache quel robinet était resté ouvert. L'un de nous deux aurait dû couper l'arrivée d'eau.

Il n'empêche qu'elle me gonflait tous les jours. Je ne sais pas pourquoi je lui cherche soudainement des excuses. Il fallait que ça cesse. Point.

Je fais du sentimentalisme. C'est mauvais, ça. C'est mauvais.

Les faits sont les faits. Elle râlait, geignait, pleurait.

Elle pleure
Un peu
Beaucoup
Passionnément
À la folie
Pour tout.

Elle était insupportable dans sa tristesse, horripilante dans sa détresse et comédienne dans sa douleur. Je ne dois pas l'oublier.

*
* *

Je veux que tu saches que je ne suis pas un mauvais bougre. La mort, on y a tous droit un jour ou l'autre. Ce qui compte, c'est la manière dont on meurt. Avec ou sans souffrance, avec ou sans regret, avec ou sans surprise, avec ou sans personne. La mort, c'est « avec » ou « sans », rien de plus.

Tu comprends, Sylvie, pourquoi vous avez tous eu une belle mort grâce à moi ?

Imagine : 11 septembre 2001 ; tu travailles au World Trade Center. Le crash ! Tu l'entends, tu as peur, tu cours, tu vois les flammes, elles te rattrapent, elles t'encerclent, ta vie défile dans ta tête. Il y a tant de choses que tu aurais voulu faire ; tu te trouves trop jeune pour mourir ; tu es en flammes, maintenant, tu souffres, il n'y a personne pour t'aider ; tu n'arrives pas à éteindre le feu sur toi ; tu vas mourir seule et tu hurles. C'est fini, tu es morte. On ne retrouvera pas ton corps. Voilà une sale mort.

Toi, tu ne peux pas te plaindre, tu n'a rien vu venir, pas plus que Raymond ou les Derangon. C'est allé très vite. Dans ta tour, tu m'aurais supplié de t'achever pour abréger tes souffrances. Alors je t'interdis de te plaindre, tu entends, je te l'interdis !

Je risque d'en baver pour t'avoir aidée. Si les gendarmes font un relevé d'empreintes, c'est fini pour moi... On pourrait s'enfuir tous les deux, et je continuerais seul. Si je reste, ils vont me coincer, j'en suis certain.

Mais pourquoi j'ai fait ça ?!

Comment ai-je pu préférer l'idée de la prison à ma vie ici ? Tu as vraiment dû m'emmerder tant que tu pouvais. Tu es contente, maintenant ? C'est ta vengeance ? Tu as gâché mes années avec toi et tu voudrais gâcher mes années sans toi. Tu n'es qu'une merde ! Une pauvre merde. Attends ! Je vais te défoncer à coups de pics à glace ; on va voir si tu aimes. Il est où, mon pic ? Il-est-où-mon-pic-bor-del ?!

Allez, laisse tomber, je n'ai plus de force. Tu m'as vidé.

C'est quoi, ça ? On sonne ou je rêve ? On sonne !

Non, non, non, non, et non. Je ne veux pas y aller !

« Tu es là, Manu ? C'est Christophe. »

Il a failli me tuer, le zèbre ! C'est Christophe !

« J'arrive ! »

Je suis tellement heureux que ce soit lui que je lui sauterais au cou.

« Salut, Christophe. Ça me fait plaisir de te voir. Entre. »

Il me remercie sans bouger. Il a l'air sérieux. Il m'inquiète d'autant plus qu'il reste cloué sur mon paillasson.

« Manu, faut qu'on discute. »

Ça y est. Il sait !

C'est Laurent qui a tout raconté, forcément.

« Faut qu'on discute tous ensemble avec les gars du village. On a rendez-vous à la Maison pour tous. Tu viens ? C'est pour faire le point sur... tu sais quoi. »

J'étais sûr que Laurent ne m'aurait jamais trahi.

« Bien sûr. Je prends mes clefs et j'arrive. »

Nous partons à pied.

« Les gendarmes m'ont dit, pour Sylvie. Tu as des nouvelles ? »

Il m'a demandé ça comme s'il s'agissait de sa propre fille. Je suis touché. Je lui dis : « Malheureusement non. » Je lui exprime mes craintes le plus sobrement possible. Il tente de me rassurer, m'exhorte à garder confiance. Son ton est paternel, sa voix chaleureuse et sérieuse. Je lui dis qu'elle me manque et que je retournerai chez les gendarmes demain.

« Surtout, n'hésite pas à m'appeler si tu as

besoin de quoi que ce soit, ou tout simplement de manger en famille », ajoute-t-il.

Je le remercie sincèrement. Il me donne envie de pleurer. Je déteste les gens gentils.

*

* *

La Maison pour tous est à cent mètres. C'est une grange normande aménagée pour les repas de fête. On n'y parle habituellement pas de meurtres. Pas depuis que j'habite ici en tout cas. C'est l'heure du déjeuner, mais je ne vois aucun buffet.

Christophe est visiblement préoccupé. Je lui demande s'il va bien. « Comment veux-tu que j'aille bien ? J'étais très intime des Derangon. Francis était le parrain de mon fils. En plus, en tant que maire, il faut que je prenne un certain nombre de mesures dictées par la gendarmerie qui ne m'amusent pas du tout. » Je lui dis que suis désolé. Il répond que je n'ai pas à l'être, que je n'y suis pour rien.

« Bien sûr, mais j'aimerais pouvoir t'aider quand même. »

J'ai honte. Christophe est un ami. Il a toujours été là pour moi, comme pour tous les Ohervillais. Je me tais. Nous arrivons à la Maison. Tous les hommes du village sont là. Ils ont le visage grave. Il n'y a aucune femme. Ils parlent entre eux par petits groupes. Je remarque que seul manque Laurent. C'est vraiment un gars bien.

Christophe monte sur l'estrade. Il n'est pas à l'aise. Il s'éclaircit la voix et prend un ton solennel :

« Mes amis, nous sommes réunis ce soir pour évoquer le terrible drame qui a frappé notre commune. Nous devons aider les enquêteurs par tous les détails qui nous viennent à l'esprit. On doit aussi aider Emmanuel, qui est sans nouvelles de son épouse depuis près de trois jours. Si certains parmi vous ont vu Sylvie récemment, qu'ils le lui disent. Je m'inquiète aussi pour Raymond. Personne ne l'a vu depuis vendredi. Nous sommes mardi, et vous savez comme moi que Raymond livre ses poissons aux amis le dimanche soir. Il devait passer chez cinq d'entre nous. C'est d'autant plus étonnant que Raymond ne manque jamais une livraison, ni l'occasion de boire un verre... »

Les rires éclatent, qui soulagent une tension extrême.

Le maire reprend :

« Mes amis, il faut qu'on reste soudés dans cette épreuve. Soyons prudents. Il y a un loup dans la région. Je ne peux pas croire qu'il soit ohervillais. J'espère que c'est un étranger de passage, déjà reparti. Pour prouver l'innocence de notre village, j'ai dit aux gendarmes que je leur apporterais les empreintes de tous les hommes d'Oherville. Je vous demande donc d'aller voir mon adjoint à la fin de cette réunion. Il a tout le matériel. Vous verrez, c'est très rapide, et ça libérera les habitants des rumeurs qui circulent déjà dans les communes alentour et la presse à scandales. J'ai d'ailleurs convoqué quelques journalistes pour qu'ils prennent des photos de la séance d'empreintes. Montrons-leur que nous sommes des citoyens responsables. Merci à vous tous. »

Christophe descend de l'estrade sous les applaudissements. Les gars le félicitent, lui serrent la main. Il a rassuré tout le monde.

Sauf moi !

Je suis fichu. Je n'ai plus qu'à partir cette nuit pour je ne sais où. Je me demande pourquoi l'idée d'être le triste héros d'Oherville me plaisait autant il y a une semaine.

Je n'avais même pas remarqué les journalistes qui attendent devant la maison. Ils sont une dizaine, avec du matériel de tournage. Christophe ouvre la porte et les interpelle : « Messieurs, vous pouvez venir. »

Il me semble qu'un nuage de sauterelles pénètre dans la Maison. Ils installent leur matériel en quelques minutes et signalent au maire qu'ils sont prêts. Christophe me prend par le bras, m'emmène vers le bureau improvisé de son adjoint et m'invite à encrer mon doigt sous les crépitements des flashs et la caméra de France Télévision. Je m'exécute devant ce peloton et me dirige vers la sortie en refusant les commentaires qu'on tente de m'arracher.

Je file chez les gendarmes les tenir au courant de l'absence de Sylvie, comme ils me l'avaient demandé. Si je veux garder une chance de quitter le village cette nuit, il ne faut pas que j'éveille les soupçons.

*

* *

Le gendarme a dû me reconnaître de sa fenêtre car je n'ai pas eu besoin d'utiliser l'interphone, il a ouvert la grille. J'entre. J'ai mal au ventre. Je traverse la cour la main sur l'estomac. Il m'accueille en haut des marches. « Entrez, Monsieur Pons. » Je l'informe que je suis toujours sans nouvelles de Sylvie. « Nous comptions vous rendre visite en fin d'après-midi. Nous faisons le maximum pour retrouver votre femme. Nous allons élargir la recherche au niveau national. » Un gradé s'approche de moi : « Nous avons interrogé le personnel du Must. Ils sont formels, ils n'ont pas vu votre femme. » Je feins la surprise. Je manque d'ardeur, d'énergie. Je sens que je ne suis pas bon.

Le gendarme continue : « En revanche, le physionomiste vous a reconnu à la description que nous lui avons faite de vous. Il est certain de vous avoir vu dimanche. Vous l'auriez marqué par votre âge "avancé", comme il a dit. Confirmez-vous être allé au Must dimanche ? » Je confirme. Je tente de le convaincre que je cherchais Sylvie. Que si elle s'était bien amusée la veille elle aurait sans doute eu envie d'y revenir.

Je suis vraiment le roi des cons, il n'y a pas d'autres mots. J'aurais pu leur donner le nom de n'importe quelle boîte de Rouen ou de Bolbec. Non, il a fallu que je parle du Must. Je n'arrive pas à croire que j'ai pu être idiot à ce point !

Le gendarme admet que mon raisonnement tient, mais s'étonne qu'affairé à ma recherche j'aie trouvé le temps et surtout l'envie de sortir avec une jeunette. Je lui dis que j'étais animé d'un sentiment de vengeance par rapport à Sylvie qui était peut-être sortie avec un gars la veille. Il fait une moue dubitative et me remercie de les avoir prévenus. Il m'assure de mettre en œuvre tout ce qui est en son pouvoir pour convaincre sa hiérarchie de la gravité de la situation, et de l'éventuel rapport entre cette disparition, celle de monsieur Langlois, qu'il vient d'apprendre par le maire, et le meurtre des

Derangon. Il me demande, juste au cas où l'on aurait des questions à me poser, d'être dans le coin les jours qui viennent. Je l'assure de ma présence sur la région toute la semaine et le remercie de ses efforts. Je pars, le ventre dur comme une pierre et les jambes coupées. Heureusement que j'ai précédé leur venue ; j'ai gagné quatre heures.

*

* *

Alors, Sylvie, toi qui es si géniale ; que fait-on maintenant ? On part au Brésil ? On prend la voiture pour la Suisse ou un pays de l'Est ? J'aurais dû me renseigner sur les pays qui ont passé une convention d'extradition avec la France.

Suis-je lucide ?

Il y a une semaine, je croyais l'être. Aujourd'hui, je ne reconnais pas celui qui a agi ces derniers jours.

Je voudrais me projeter dans sept jours pour savoir si, là, tout de suite, je suis lucide. Mais ce moi qui me le dira la semaine prochaine sera-t-il lucide ? Comment prendre la bonne décision, Sylvie ? Et combien de temps la bonne décision sera-t-elle bonne ? Tu te marres, hein ! Tu te fous de moi. Et tu as raison.

Si je me livre aux gendarmes, je prends

trente ans et j'en fais au minimum vingt-deux. Dans le meilleur des cas, si je joue comme un dieu, je suis bon pour l'asile. Génial ! Et toutes les Sandrine qui m'attendent au Must ou ailleurs ! Toutes les histoires que je pourrais te raconter. Tous les mariages que je pourrais rater aussi. Merci de me le rappeler. Il y a toujours ce risque. Mais j'ai acquis de l'expérience. Je sais ce que je ne veux plus. Et puis je ne suis pas obligé de me marier à nouveau.

Tout ça, c'est du bla-bla ! Je veux vivre oui ou non ?

Je veux vivre libre !

Tu ferais quoi, toi, à ma place ? Tu as de l'argent liquide et une petite journée d'avance sur les enquêteurs. Alors ?

Tu pars cette nuit. Très bien, on est d'accord. Donc je t'exhume du congélateur. Je t'allongerai à l'arrière du break.

Pour l'instant, je t'installe entre les deux radiateurs soufflants que tu branchais pour prendre une douche. Quatre mille watts pour te réchauffer ! Tu vas fondre de plaisir ! À tout à l'heure.

*

*   *

Un grand sac à dos pour l'essentiel. Pas de carte de crédit, ni de téléphone portable qui pourraient donner ma position.

J'ai combien en liquide ?

Mille, cinq mille, dix mille, quinze mille, vingt mille. Vingt mille euros, plus tes bijoux. Je mets tout ça dans la banane, et la banane sous le sweat-shirt. Je passerai à Rouen retirer une partie de mon compte en espèces. Non, pour quelques euros, ce n'est pas la peine.

Là, déjà, je peux tenir quelque temps.

Qu'est-ce que j'emporte ?

Trousse de toilette, slips, chaussettes, deux jeans, deux pulls, trois chemises... et, pour le reste, j'aviserai sur place selon la température.

Pas de panique, j'ai douze heures devant moi.

L'idéal serait que je parte vers minuit et que je roule jusqu'à... Bonne question. Si je passe par le haut, je fais Belgique, Pays-Bas, Allemagne et Pologne, où je pourrai me cacher. J'espère que les Polonais parlent français. C'est jouable. Malgré Interpol, mais à condition de ne pas attendre minuit pour partir. Il me faudra bien deux jours de route avec les arrêts.

Tout plaquer pour une minute de colère, c'est vraiment trop bête ! Si je n'étais pas allé chez les Derangon, je ne serais pas inquiété aujourd'hui. J'aurais sans doute gaffé chez les gendarmes, à propos du Must, mais ils n'auraient rien pu faire sans preuves. Et comme je n'aurais jamais avoué...

Je bousille ma vie pour un petit couple de retraités sans avenir, qui aurait coûté de plus en plus cher à la Sécu. Ça n'a aucun sens. Je produis du PNB, je rapporte à mon pays, et on va venir me chercher des poux pour deux malheureux vieux que n'importe quelle vague de chaleur aurait pu occire en trois jours ! Ça ne passe pas. Il n'y a rien à faire, je ne le digère pas.

Tu m'as déjà gonflé pendant onze ans, et maintenant c'est tous les flics de France qui vont me coller aux basques !

J'enrage !

J'emporte mon couteau dans mes affaires. Ne pas l'oublier, celui-là. Même s'il a déjà trop servi.

J'ai envie de hurler. Ça me brûle dedans, bon sang !

Je prends deux Spasfon et deux Spasmine. Ça va au moins calmer mon ventre.

C'est le brouillard dans ma tête. J'ai peur de faire une connerie. Je ne veux pas aller en prison. Mais qui c'est, l'andouille qui disait : « Je préfère la prison à Sylvie ? » Je n'ai pas pu dire une telle ânerie, ce n'est pas possible. Mais rien n'est possible depuis une semaine, et tout est réel.

Je vais voir où en est Sylvie.

*

*   *

Tu es moins givrée, mais il va falloir te presser. À ce rythme, tu ne seras jamais prête en même temps que moi. Comme toujours. Et le dernier coup de maquillage, et les bottes qu'il faut changer parce qu'elles font mal, et le collier qui ne va pas avec les boucles d'oreille. Je ne me souviens pas de t'avoir connue à l'heure.

Plus je m'énerve, plus je t'en veux.

Je crois que je vais t'éclater à coups de pioche et te finir avec la scie de Fred. Il n'est pas prêt de la revoir, lui, sa scie.

Tu m'as fait perdre les pédales. Tu m'as amené à sacrifier mon avenir pour qu'il ne répète pas mon passé. Résultat ? Ça va être pire ! Je vais geler, en Pologne, si je ne croupis pas en cellule. J'aurais pu devenir un des plus grands peintres français et tu m'as condamné à la rubrique des faits divers !

Non, non, non et non !

Il y a forcément une solution.

Je pourrais avoir tué les Derangon sous la contrainte d'un cambrioleur. Sauf que je n'ai rien volé. Ça ne tient pas. Sous la menace d'un fou, alors ? Non plus. Je sais : c'est ton amant qui m'a obligé à commettre ce crime pour m'éloigner définitivement de toi. C'est mieux. C'est pas encore fantastique, mais c'est mieux. Ça retarderait l'échéance. Quand les enquêteurs n'auront de traces ni de lui ni de toi au bout de plusieurs jours, ils ne croiront plus à ma version.

Je ne sais pas quoi faire.

Aide-moi, bon sang ! Trouve une idée !

Je vais en parler à Laurent. Il saura me conseiller, j'en suis sûr. Et toi, je te garantis que je règle ton compte à mon retour !

*

* *

J'ai vraiment fait un sale coup à Laurent en lui racontant mon histoire. Je n'ai pas pensé, sur le moment, à ce qui pourrait lui arriver si je ne me livrais pas aux gendarmes. J'ai agi comme un égoïste.

Je suis un égoïste.

Va-t-il mentir aux enquêteurs ou me dénoncer ? Je m'inquiète pour moi. Je voudrais m'inquiéter pour lui, mais je n'y arrive pas. Il est fort dans sa tête, il a toujours une solution pour tous les problèmes. C'est son métier. Et puis, j'aurais pu lui demander un coup de main pour dissimuler les corps de Sylvie, de Raymond ou des Derangon. Je ne l'ai pas fait. Je ne lui soumets qu'un cas de conscience. C'est quoi, pour lui, « un cas de conscience » ? Un combat de phrases, une dialectique qui le convaincra lui-même et emportera dans la foulée l'adhésion du juge qui l'interrogera.

Non, c'est des mots, tout ça. Je suis lamentable ; je l'embarque de force dans mon histoire et je reviens le voir pour qu'il m'en sorte !

J'ignore comment il va réagir. Je n'ai pas eu le courage de l'appeler pour lui demander si je pouvais passer. Je suis venu directement. J'ai craché deux fois de la bile sur le chemin et, maintenant, j'ai peur de sonner. J'ai repris deux Spasfon tellement ça me bouffe le ventre d'affronter son regard.

J'ai le doigt sur la sonnette. Je n'arrive pas à appuyer.

Il aurait pu se fâcher, la première fois ; me dire qu'il ne voulait pas en discuter, me mettre dehors. Il ne l'a pas fait. Après tout, il ne va peut-être pas m'en vouloir.

Je frappe doucement au carreau de sa porte.

Il arrive, marque un arrêt. Il ne veut pas m'ouvrir, j'en suis sûr. Il ne bouge toujours pas. Je devrais partir. Il doit se dire que je suis débile, ou que je le provoque, ou que je veux le tuer, qu'est-ce que j'en sais ?

Je m'en vais. Non, il vient vers moi.

Je recule instinctivement.

Il ouvre.

J'articule tant bien que mal la formule de politesse que j'ai répétée cent fois sur le trajet :

« Bonjour, Laurent. Je ne te dérange pas ? »

Il ne répond pas, c'est mauvais signe. Il a

l'œil noir et le sourcil relevé. Je m'aperçois que c'est un costaud. Je n'avais jamais prêté attention à son physique auparavant. Il a la main deux fois grosse comme la mienne.

« Je suis venu m'excuser », dis-je, penaud.

Il m'observe toujours, en silence.

Je me sens obligé d'ajouter quelque chose : « Je sais que je t'ai mis dans une situation délicate. »

Il s'emporte dans la seconde, lui que je n'avais jamais vu en colère :

« Tu appelles ça une situation délicate ? On pourrait m'accuser de complicité. D'autant plus que je ne suis pas allé à la réunion du maire. Je suis le seul à ne pas avoir donné mes empreintes. Donc, qui va-t-on soupçonner en premier, à ton avis ? Hein, qui ? »

Je n'ose pas répondre qu'il n'avait qu'à y aller.

« Tu ne vois pas ? Cherche ! »

Il a dit ça d'une voix sèche et dure. Il est réellement immense sur son pas de porte, ancré dans sa colère, immobile dans l'attente de ma réponse.

Je balbutie : « Toi », et j'ajoute prestement : « Mais les enquêteurs noteront qu'elles ne correspondent pas à celles relevées chez les Derangon. »

C'est un bon argument.

Il me traite de connard et se retourne sans fermer la porte. Je ne bouge pas. Il fait demi-tour, revient vers moi. Il me toise. Enfin il bougonne :

« Entre. »

Il s'est calmé presque instantanément. Comment fait-il ? Moi j'en suis incapable. Il me traite quand même d'idiot, pour la forme, ajoute que je suis vraiment un con, et me propose un verre. J'accepte, même si je me sens incapable d'avaler quoi que ce soit. Il me verse le Coca qui va achever mon estomac, ajoute une rondelle de citron pour un peu plus d'acidité et les glaçons que je n'ai pas demandés. Il se sert le même verre.

« Tu n'aurais jamais dû me balancer tes conneries, l'autre jour. Je ne suis pas un prêtre. Je ne suis pas là pour confesser les tueurs en série, me reproche-t-il. Je t'ai écouté parce que, si tu étais chez moi, c'est que la Vie t'y avait conduit ; et c'est pour la même raison que je te reçois aujourd'hui, mais sache, bien que je ne juge pas tes actes, que je déplore ta présence ici et les risques qu'elle me fait courir. Maintenant que c'est dit, parlons de toi. Tu as décidé quoi ? », demande-t-il en tournant ses glaçons.

Je lui dis que je songe à me rendre en Pologne, mais que rien n'est clair dans ma tête.

Je lui confie que c'est le motif de ma présence chez lui, que je suis venu lui poser une question .

Il s'étonne : « J'avais cru comprendre que tu étais venu t'excuser. Donc, non seulement je dois dissimuler aux enquêteurs que j'accueille poliment l'assassin de mes voisins, mais, en plus, je dois conseiller ce même assassin dans l'éclaircissement de son esprit. »

Ce n'est pas faux.

« Avant toute chose, précise-t-il, je voudrais que tu m'expliques pourquoi tu as tué ta femme. Et les Derangon. »

J'allais ajouter « et monsieur Langlois », mais je m'en tiens à : « C'est trop compliqué », en pensant que sa question prouve qu'il avait parfaitement saisi ce que je lui avais confié la dernière fois.

Il me dit que ce n'est pas une réponse, et que celle qu'il attend éclairera mon esprit.

Par où commencer ? Je lui explique que c'est difficile de répondre abruptement ; que j'ai du mal à rassembler mes idées ; que c'est un ensemble de choses. J'hésite, en vérité, entre plonger dans mon passé qui s'achève demain, ou abréger et partir, direction Varsovie.

Je me lance :

« Pour les Derangon, c'est un malentendu. J'étais fier de moi, tout excité. J'étais allé chez eux leur conter ce que je considérais encore comme mon exploit. Pour qu'ils soient les premiers au courant et qu'ils puissent passer à la télévision. Mais monsieur Derangon s'est mis à rire quand je lui ai dit que je venais de tuer Sylvie. Il a cru que je plaisantais, et il s'est mis à me parler de lui. Ça m'a énervé, alors je l'ai égorgé. C'était juste un geste inadapté à la situation. J'ai réagi violemment parce que j'étais déçu. Il n'y avait aucune méchanceté dans mon geste. Sa femme est arrivée au mauvais moment, et j'ai été obligé de l'égorger elle aussi. Je n'avais rien contre elle ; au contraire, je l'aimais bien. C'était un réflexe de survie. Elle allait hurler. C'est d'autant plus idiot que j'avais décidé de me livrer aux gendarmes. »

Laurent semble perplexe : « En somme, les Derangon, c'était un accident d'ego. »

L'analyse, bien que très raccourcie, me semble juste. Au point que je me demande subitement si toute ma vie n'a pas été une succession d'accidents d'ego.

Il poursuit :

« L'image d'un plaisantin, que monsieur Derangon t'a renvoyée de toi, ne correspondait pas à l'image que tu avais de toi à ce moment précis. Et j'en reviens à la réponse que je t'ai faite le jour où tu m'as dit avoir tué Sylvie : "C'est bien, continue." Je parlais de l'image que tu te faisais d'elle et qui t'empêchait de la voir telle qu'elle était. Il en va de même pour toi. Si tu ne te tues pas tous les jours, tu ne vis jamais avec toi, mais avec celui que tu crois être. Tu t'accroches à des idées préconçues, à des principes qui te rassurent, jusqu'à ce que quelqu'un les contredise. Si ton esprit avait été vide chaque matin au réveil, tu n'aurais jamais tué personne. »

Je ne suis pas venu pour une leçon de morale. En plus, j'ai un mal fou à le suivre. Pourtant, je ressens quelque chose d'indescriptible, comme si mon corps réagissait à ses propos. J'entends une petite voix qui me souffle qu'il a raison. Je lui demande s'il y a un « truc » pour se vider l'esprit.

Laurent se lève, fait quelques pas, revient vers moi, s'apprête à parler, puis repart. Il est allé cherché de nouveaux glaçons. Il en met deux dans son verre et pose le bac sur la table basse.

« Il n'y a pas de "truc", dit-il ; il faut se demander d'où viennent nos idées ; qui nous les a mises en tête. Il ne faut pas leur attacher la moindre valeur, ne jamais les défendre, n'en conserver aucune en stock. Bannir tous les qualificatifs, car ils désignent une réalité changeante et s'opposent à ceux que d'autres ont choisi. Cela veut dire oublier les "meilleurs", "mauvais", "moins bien", "mieux", les... »

Je le coupe parce qu'il me semble impossible

de faire ce qu'il préconise ; que ça relève plus du vœu pieux que de la réalité ; qu'on ne peut pas vivre en faisant abstraction de soi.

Je parie qu'il s'écoute parler ; que c'est comme ça qu'il trouve son plaisir. Ça me réconforte de croire que ce ne sont que de belles idées irréalisables.

Laurent me répond que, dès ses premiers mots, j'ai nié la possibilité d'y parvenir, et que, dès lors, j'ai guetté la fin de sa phrase pour placer ma réplique, et que je n'ai pas donné à son message l'attention qu'il nécessitait.

Il n'a pas tort.

Je lui demande pourquoi, si j'avais eu l'esprit vide, je n'aurais pas tué Sylvie qui m'énervait tous les jours.

« Sylvie t'énervait car tout ce qu'elle faisait allait à l'encontre de ce que tu souhaitais, c'est ça ? »

Je réponds « oui ! » sans hésiter, et j'ajoute qu'elle ne faisait pas ce que j'aurais voulu qu'elle fasse, mais qu'elle disait toujours ce que je ne voulais pas entendre.

« Alors, qui était le problème ? », demande Laurent.

Il me stresse, et c'est sur un ton agacé que je confirme : « Elle ! Je viens de te le dire ! »

Il a noté l'irritation dans ma voix et continue :

« Il me semble, pourtant, que c'est toi. »

Il sent que je veux m'en défendre et lève la main pour que je reste silencieux. Il insiste :

« Un esprit vide n'attend rien, donc n'est jamais déçu. Un esprit vide entend ce qui est dit et ne le compare pas à ce qui aurait dû être dit. Un esprit vide ne peut pas être agacé par une manie. Il ne la juge pas. Un esprit vide, enfin, Emmanuel, permet à l'autre de s'y voir comme dans un miroir. Cet autre, ô miracle ! commence alors à changer. Il ne subit plus la pression d'un esprit plein, opposant, réprobateur. Il s'épanouit petit à petit, se vidant à son tour. La vie de deux esprits vides réunis est alors un paradis. Chacun emplit l'autre, les deux se vident chaque soir. C'est la magie du vide, Emmanuel. »

Il me semble qu'on enfonce mon thorax. Je rassemble la salive que je trouve :

« Si tu as raison... j'ai tué ces gens pour rien ? »

Et je sens qu'il a raison. Il n'y a plus d'air dans mes poumons, parce qu'il n'y a plus de poumons, plus de corps, plus d'Emmanuel.

Laurent se veut rassurant :

« On ne fait jamais les choses pour rien. Tu as fait ça pour apprendre. »

Ça fait cher la leçon ; surtout pour Sylvie et les autres.

Il m'assène qu'ils ont rempli leur rôle, qui était de me permettre d'apprendre cette leçon.

Je lui demande, avec le filet de voix qu'il me reste, s'il connaît mon rôle vis-à-vis de lui.

Il m'avoue qu'il le discerne mal, qu'il en a une idée, qu'il s'en veut de s'être emporté en m'ouvrant la porte, car ça prouve qu'il doit encore travailler sur lui-même.

Je lui signale que cette leçon me semble plus légère que la mienne.

Il me rembarre :

« Elle est simplement moins lourde de conséquences matérielles. Une leçon est une leçon. Arrête de tout comparer ! »

Je devine que l'entretien se termine. Mais je suis venu lui poser une question, alors j'essaie de me détendre, j'inspire profondément et je l'interroge :

« Quelle voie je dois suivre ? »

Sa réponse fuse :

« La tienne. Tu ne peux pas te tromper, tu ne peux qu'apprendre. »

Je suis abasourdi.

Je le remercie « pour tout », je lui réitère mes excuses et je le quitte. Je ne crois pas que nous nous reverrons.

Je veux retrouver Sylvie.

*

* *

Je reviens de chez Laurent. Je lui ai parlé de

toi, de nous, de nos problèmes. À l'écouter, tout est de ma faute.

À tes yeux, tout est de ma faute. À mon sens, je ne sais plus.

Je ne te supportais plus, mais pourquoi ?

Parce que tu n'étais pas telle que je voulais ? J'aurais dû vouloir autre chose ? Rien vouloir ? C'est certainement ce que me dirait Laurent. Mon esprit aurait dû être vide.

Mais alors, sur quels critères je t'aurais choisie il y a onze ans ? Pourquoi toi plutôt qu'une autre ? Je me suis trompé sur toi ou je me suis trompé sur moi ? Si j'avais pensé, il y a onze ans, être comme je suis, j'aurais cherché la femme en rapport. Mais qui dit qu'elle aurait suivi la même évolution ?

C'est insoluble. Je m'attache au passé. J'ai tort.

J'aimerais tellement essayer de vivre hors de tout conditionnement, tout accepter de toi pour le plaisir de tester ma nouvelle liberté. Car c'est moi que je libérerais. Nous serions deux à jouir de ma liberté.

Je me sens léger tout à coup. J'ai moins mal au ventre. Je suis libre si je le décide. Est-ce que j'en suis capable ?

Je serai nu dans cette liberté. Sans certitudes, sur quoi m'appuierai-je ? Serai-je encore moi ? Le moi que tu as aimé ?

Je dois abandonner mon moi pour me trouver, pour être libre. C'est terrible !

Suppose que je ne trouve rien...

Et quels mots construiront mes rares pensées ? Plus d'adjectifs qualificatifs, ni de superlatifs. Au moins ne risquerai-je plus de heurter le goût ou la sensibilité de qui que ce soit.

Plus d'avis sur tout, ni d'expression de mes goûts. Mes goûts qui, de toute façon, ne sont pas les miens puisque je les ai hérités de mon milieu, de ma famille.

Mais c'est invivable !

Non ! J'ai compris !

Je peux être d'accord avec quelqu'un, lui répondre « oui » et ne donner aucune importance à ce que j'ai dit, parce que « oui » et « non » ont la même valeur. « Tu as aimé ce film ? – Oui. » ; « Tu as aimé ce film ? – Non. » Effectivement, ça ne change rien du tout. Je n'ai pas de position à défendre. Quel repos !

Et dire que c'est aujourd'hui que tout s'éclaire !

J'aimerais tellement te ranimer. J'ai compris qu'on peut avoir une vie merveilleuse ensemble. Je sais que le paradis est ici. Je n'ai plus mal au ventre. Je me sens amoureux.

J'ai envie de te serrer dans mes bras et de te dire combien je regrette ce que j'ai fait. Je suis désolé, Sylvie. Tu n'imagines pas à quel point. J'ignore comment j'ai pu t'en vouloir au lieu de m'en vouloir. Tout s'est enchaîné si vite pendant ces onze ans ! Je t'ai perdue sans t'avoir jamais gagnée. Laurent dirait que c'est ma leçon.

Réveille-toi, dis-moi que tu as bien dormi, malgré un petit cauchemar.

On partirait marcher sur les bords de la Durdent, on sauterait d'une rive à l'autre, puis on prendrait la voiture pour la destination de ton choix.

À présent, je le sais, toutes les destinations sont les mêmes. Je serai bien partout.

Je m'occuperai de toi. Tu seras heureuse.

Il faut que je cesse de penser. Je vais devenir fou si je retourne tout ça dans ma tête. Je ferais mieux de songer à mon départ.

Où en es-tu ? Insuffisamment décongelée. Il te reste un peu de temps. Je vais manger une pomme. Je n'ai pas faim mais, si je n'avale rien, je vais m'écrouler. J'achèterai un sandwich sur l'autoroute en prenant de l'essence. Non, c'est idiot. Ils vont distribuer des photos de moi dans toutes les stations-service. Je n'ai pas le choix. Soit je prends de l'essence avec ma carte bleue, et je suis repéré, soit je paye en liquide, et je risque d'être identifié très vite. Je choisis la deuxième solution. Le pompiste ne sera peut-être pas physionomiste.

Je suis sûr que j'oublie quelque chose. Je n'ai besoin de rien, mais j'oublie quelque chose...

Ça m'ennuie de partir comme un voleur. J'aurais aimé dire au revoir à Christophe, à Fred et Cathy, à tous ces Ohervillais adorables.

C'est ça, pourquoi ne pas fêter mon départ, non plus ! Je déraille totalement.

Et qu'est-ce que je vais foutre en Pologne ! Ici ou là-bas, si je vide mon esprit, je te perds à nouveau. Ignorer mes pensées, c'est ne plus te voir, ne plus t'entendre me dire « je t'aime », ne plus t'avouer « moi aussi ». C'est rayer nos premières rencontres, les plus belles, celles qu'on croyait sans lendemain, qu'on vivait à bout de souffle. C'est bannir nos folies, nier nos extravagances, refuser nos fantasmes, renvoyer nos orgies. Rien n'existerait plus de ce qui nous a soudés.

Je ne veux pas vider mon esprit !

J'ai peur.

La Pologne n'est qu'un point de passage. Je devrai fuir toute ma vie. Comment trouver la sérénité dans la fuite ?

Et si j'allais chez les gendarmes ? C'en serait fini de tout ce bruit dans ma tête. Plus de décisions à prendre, pas de fuite perpétuelle.

Mais comment supporter la prison ? Je redoute la promiscuité, le voisinage des durs. Je crains les enculeurs, pas l'emprisonnement, j'ai suffisamment à apprendre sur moi pour occuper mon temps pendant trente ans dans une cellule.

Je deviens négatif. Tout est noir, c'est invivable. Je dois absolument penser positif à nouveau.

Et d'abord, je vais avaler un plat chaud avant de partir. Des haricots verts, par exemple. Si je me laisse abattre, je suis fichu. C'est vite fait, moins d'une minute au micro-ondes, le temps d'ouvrir mon jambon et de le mettre dans une assiette, et voilà, c'est prêt.

Un peu de musique. Michael Jackson, et mon titre préféré en version maxi de sept minutes : *Bad*. Doum, doum, doum, doum-doum, doum-doum, doum, doum-doum-doum, j'adore cette basse !

You know I'm bad,
I'm bad...

Ma dernière soirée à la maison. C'est la boum.

*
* *

Es-tu prête ? Tu es moins lourde. Tu ne gouttes plus, c'est bon, je t'emmène. Tu sais que tu es encore très belle. J'adorerais recommencer à zéro avec toi. Je donnerais tout pour ça, mais je n'ai déjà plus rien.

Viens me faire un dernier câlin, que je te serre très fort. Je ne t'ai pas fait la vie que tu méritais. Si on se retrouve là-haut, un jour, et que tu veux encore de moi, je te promets de faire de toi la plus heureuse des femmes du Ciel. J'espère que tu me donneras une seconde chance. Je te jure que tu ne le regretteras pas. Je m'occuperai de tout ; je te ferai la cuisine, les courses, et le lit comme tu l'aimes ; je brosserai la poussière des nuages et, s'il s'assombrit trop, j'éclaircirai le ciel pour mieux te voir. Si tu fais des bêtises, je plaiderai ta cause devant saint Pierre et je demanderai audience à Dieu si ça ne suffit pas. Je te jure de veiller sur toi plus que tous les anges, si tu m'offres cette chance.

Je te demande pardon, Sylvie.

*

*   *

Je t'ai installée du mieux que j'ai pu. Ne t'inquiète pas, nous n'allons pas loin. Je m'arrête dans quelques centaines de mètres. Je connais un coin où la Durdent n'est pas visible de la route. C'est un îlot magnifique. C'était mon île à moi. J'aimais m'y installer pour une sieste. Je n'y ai jamais vu personne. Peut-être parce qu'il est minuscule. C'est là-bas.

Tu vois, ça n'a pas été trop long.

On a retrouvé le corps d'Emmanuel Pons, flottant dans la Durdent. Le corps de son épouse Sylvie gisait sur un îlot de la rivière, soigneusement protégé par une couverture. Les enquêteurs sont toujours à la recherche de Raymond Langlois.

Dans la même collection

Jérôme d'Astier,
Le Désordre, 2000.
Bain de minuit, 2001.
Cécile Beauvoir,
Louise Lullin, 2003.
Le Chemisier, 2004.
Avec toi, 2005.
Alain Bertrand,
La Lumière des polders, 2003.
Christian Birgin,
La Mort de Pouchkine, 2000.
Olivier Boura,
La Nuit du Rhône, 2001.
Myriam Cohen-Welgryn,
La Petite Dernière, 1999.
Mères, 2001.
Philippe Comar,
Les Dunes d'Ambleteuse, 2004.
Kéthévane Davrichewy,
Tout ira bien, 2004.
Jean François Deniau,
Le Bord des larmes, 2000.
Laura Desprein,
Braise, 2002.
Christine Féret-Fleury,
Les vagues sont douces comme des tigres, 1999 ; prix Antigone.
L'Évier, 2001.
Maxence Fermine,
Neige, 1999.
Le Violon noir, 1999.
Florent Feyrabend,
Le Cocon, 2004.
Arnaud Guillon,
Écume Palace, 2000 ; prix Roger-Nimier.
15 août, 2002.
Anne Kanapitsas,
L'Odeur de la menthe, 2004.
Alexandre Kauffmann,
Mauvais Numéro, 2000 ; prix Alexandre-Vialatte.
Le Faux-Fuyant, 2003.
Marie-Hortense Lacroix,
Comme une voix lointaine, 2005.

Didier Lahais,
Lettre à Jean, 2002.
Pierre Le Coz,
Plein Sud, 2001.
Antoine Marcel,
Carnet chinois, 2002.
Jean-Claude Mourlevat,
Je voudrais rentrer à la maison, 2002.
Karine Naouri,
Le Jeu des Rois, 2000.
Éric Pelsy,
L'Été de Rico, 2003.
Robert Pico,
Les Seins de l'Américaine, 2002.
Françoise Pirart,
La Nuit de Sala, 2006.
Flore Quaquin,
Racailles, 2003.
Philip Rohr,
Vie sauvage, 2003.
Danièle Roth,
La Mouette juive, 2003.
Michel Robert,
La Grosse Marfa, 2001.
Joëlle de Sermet,
La Note rouge, 2005.
Marie Sizun,
Le Père de la petite, 2005.
Laurence Tardieu,
Comme un père, 2002.
Le Jugement de Léa, 2004.
Fabienne Valière,
Morte, 2001 ; prix de La-Cadière-d'Azur.
Ramy Khalil Zein,
Partage de l'infini, 2005.

TRANSCODÉ
ET ACHEVÉ D'IMPRIMER
EN FÉVRIER 2006
SUR LES PRESSES DE
CORLET IMPRIMEUR
À CONDÉ-SUR-NOIREAU
CALVADOS

Numéro d'édition : 0730
Numéro d'impression : 91232
Dépôt légal : mars 2006
Imprimé en France